青年诗人文丛

补饮之书

张光昕 著

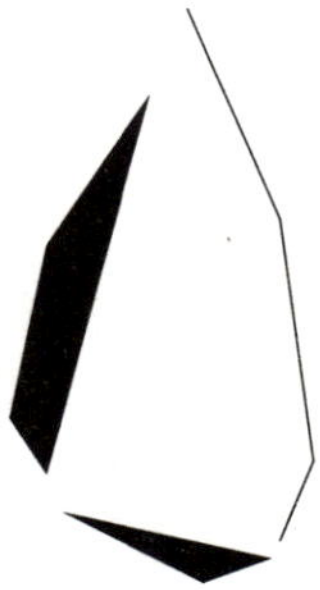

漓江出版社

图书在版编目(CIP)数据
补饮之书 / 张光昕著. —桂林：漓江出版社，2018.10
ISBN 978-7-5407-8513-0
Ⅰ.①补…　Ⅱ. ①张…　Ⅲ. ①诗歌评论 – 中国 – 当代 – 文集 ②随笔 – 作品集 – 中国 – 当代　Ⅳ.①I207.22-53 ②I267.1
中国版本图书馆CIP数据核字（2018）第203435号

补饮之书

BUYINZHISHU

作　　者：张光昕

出 版 人：刘迪才
出 品 人：符红霞
策划编辑：陆　源
责任编辑：陆　源
助理编辑：林培秋　孙静静
装帧设计：周伟伟
责任监印：周　萍　黄菲菲

出版发行：漓江出版社有限公司
社　　址：广西桂林市南环路22号
邮　　编：541002
发行电话：0773-2583322　　010-85893190
传　　真：0773-2582200　　010-85890870-814
邮购热线：0773-2583322
电子信箱：ljcbs@163.com
网　　址：http://www.lijiangbook.com

印　　制：北京大运河印刷责任有限公司
开　　本：787 × 1092　1/32
印　　张：8.5　　字　　数：145千字
版　　次：2018年10月第1版　　印　　次：2018年10月第1次印刷
书　　号：ISBN 978-7-5407-8513-0　　定　　价：42.00元

目 录

上 辑

*

下　辑

*

上辑

打开我的藏书

打开我的藏书。说出这个标题时，我是多么骄傲，又多么心虚。我很想模仿本雅明，撰写一篇同名文章来谈谈我与书籍的缘分和故事，但我刚过三十岁，完全称不上拥有多少藏书。我的藏书与藏书家的伟业毫无关系。在我看来，藏书，如果混合德里达和布罗茨基的说法，就是一个危险的替补，替代着人类进化过程中那条丢失的尾巴。他们二人中，一个说的是文字，一个说的是记忆，而书籍，或许刚好是它们挚爱的独生子。在我简约的书房里，到处堆放着书，它们是我的粮食和药，当内心的敌人发起冲锋时，它们也是我攥在手里的武器，让我可以一直战斗下去，没那么快被残酷的生活打倒。儿时的书包里有连环画《霍元甲》或《三毛流浪记》，中学时又换成《平凡的世界》或《文化苦旅》，在千篇一律的课堂生活中，这些都是多余的部分（读诗和写诗似乎更加多余），是被藏起来的尾巴。回想起来，在那段与我的房间一样单纯的少年时光里，这条秘密的尾巴与我分享了多少快乐啊。

小的时候，父母教导严格，我十分爱惜书籍，对它们彬彬有礼，会用挂历纸把那些重要的书都包上书皮。翻阅时，内页里干干净净，不涂不画，更不愿把书借给小伙伴们看。后来，经过漫长的求学生涯，当我真正发现读书的乐趣之后，我反而对它们越来越“粗暴”了：折叠、勾画、批注，在洁白的书页上留下黑点、圆圈、红线和各种奇怪的符号。书变脏了，却光芒四射，那里留下了我跟书籍亲昵和搏斗的痕迹，记载了我对某段文字的惶惶不解，或对某个句子的拍案叫绝。这些粗暴的瘢痕，组成了一本书中的另一本书：我让一本书怀孕了，我把自己的黄金时代全心全意地交给了它。书外的时空依旧疾风骤雨，人来人往，我的胡子经常荒草丛生，眼睛越发干涩而浑浊，头发也比过去更加稀疏了，但我的书却永葆青春，经历分娩后的它们更加性感妖娆、高贵袭人。还是本雅明说得妙，从书市上买下一本书，就像《天方夜谭》中的王子买到一个美丽的女奴，你实际上还给了她自由，让她比自己活得更好。

如今，我暂居一隅，终于能和我热爱的书籍安静地守在一起了。除了它们，我不知道还有什么能整日陪伴着我。在北京，住了十年学生宿舍，从床头到床尾，从柜上到桌下，全都是我开辟的藏书之地，这条尾巴越伸越长，甚至长驱直入地霸占了室友的书架。从本科到读博期间，我每日与书为伴，在象牙塔里编织精神生活，尽管向来观其大略、不求甚解，也算充度了人生中最好的年华。书籍让我修炼成一名还算及格的写作者，比一无所有的落荒者多出了一支笔的家当：一条进化不掉的尾巴。毕业离校时，所有的书被我用绳子捆好，靠墙堆放，它们和我一样，等待命运里新的征程。辗转了几个落脚地，我都要想办法安顿这批无法舍弃的行李。在大城市的车水马龙里，同辈的友人个个腾云驾雾、日行千里，我只能背着一座虚幻的花园，在梦想的大地上走走停停。即使万般颓废之时，我也不忍割舍掉这条无用的尾巴，去做那个万众期待的飞天梦。我宁愿保留它，至少，在孤独中，它能让我与身上那另一个“我”交谈和游戏，在内心里搭成逗哏和捧哏，或干脆组建起一支乐队。在我有限的收入里，买书是一项主要的支出。网购兴起之后，买书更加方便了，也刺激着我想买更多自己想要的书，坠入了发达资本主义的消费逻辑。近些年，我会定期收到各种文学刊物和朋友们的新书，它们在书架和书桌上越垒越高，充实着我的花园。

还有我自己写作和编著的书，被我小心地收在牛皮纸信封里，放在书架的最深处，与布朗肖的《黑暗托马》待在一起。

我现在暂时拥有一座足够通亮的书房和一对足够宽阔的书架，心想，即便若干年后买了房子，它又何尝不是个暂时居所呢？但我那些被捆了个把月的藏书，深感已经来到了一块歌舞升平的解放区，我将它们纷纷松绑，端正地请上书架，还它们以自由。那套白色封面的《中国新诗总系》一定要和那套黑色封面的《卡夫卡全集》并排摆放，来个黑白配才好看；茨维塔耶娃的书却被我四散在书架各处，继续着她漂泊的宿命，但我会经常想起她的诗句——“我想和你一起生活 / 在某个小镇，/ 共享无尽的黄昏 / 和绵绵不绝的钟声”——我相信，即使一百年后，也会有人想起她；还有那些版式各异、砖头般厚重的精美画册，一定要倾斜、松散地搭靠在一起，摆在醒目的位置，就像有格调的咖啡馆里那样，让人有兴趣坐在它们旁边。我的书架从里到外可以摆放三层，外面还能再放上一小盆文竹。当所有藏书都乔迁新居之后，我无法抑制内心的激动，觉得似乎把国家图书馆的一角搬进了我的小窝。在母校读书时，我常席地盘坐在图书馆的书架前面，仿佛坐在了牛顿的苹果树下。这样的白日梦做不了几分钟就会被现实的雨滴打醒，但我总是闭着眼睛假寐，还想努力退回到之前那个迅速逃散的梦里。这就是一个读书人轻盈的梦，但有梦的世界总是美好的。在梦醒时分，我总恍惚记得自己走在去往书店的路上，脚步是那样轻快有力，心里总洒满朗朗阳光。

一个人藏书的历史往往包含了一段购书的往事。几年前，每当自己在窒闷的自习室或宿舍坐不下去时，就会不由自主地去逛书店，因为没有比这更能吸引我的乐趣了。有一段时间，从北大西门的旧书市场出来，如果不去中关村图书大厦，可以直奔海淀图书城地下一层的“国林风”书店。那里面积很大，人气也旺，人文社科类的书籍种类很多，可以自由挑选。在它濒临倒闭前，很多书都开始论斤贩卖了，每念及此，心里总不是滋味。海淀图书城的三层还有一家“野草”书店，店面很小，顾客却很多，经常在拥挤的空间里探身寻觅书籍。我在那里买过很多感兴趣的学术书，而且打折，但我最喜欢的还是它的名字。后来，我也去过北大的“风入松”和成府路上的“万圣”这两家在北京读书界名声赫赫的书店，好书几乎全都汇聚于此了，但没有优惠，对于我等穷学生来说，很难下决心随意购买。接下去，是“单向街”“字里行间”“光合作用”“库布里克”等一大批个性书店空降北京，虽然环境极好，但总安放不下我一颗朴素的淘书之心，那里太适合跟女孩一起去“雕刻时光”了。后来，海淀图书城旁边的一个大厦里冒出一家颇为豪华的“第三极”书局，有好几层，规模很大，通明的大飘窗，别致的沙发，柔和的灯光，舒心的背景音乐，让人进去就不愿离开。我以为这里会为北京的读书人织造一个温暖的巢穴，可惜没撑几年也阵亡了。

因为我的一个好友住在和平门，我们会经常去逛琉璃厂附近的中国书店（海淀图书城的中国书店地下一层，也是我常去的地方）。记得有一次，我们在一间经营旧书的二手书店里磨蹭了好几个钟头，像侦探一样仔细搜索着每一排书架上的每一本旧书，甚至能在书籍的缝隙间找到一块黑黢黢的橡皮。不知过了多久，我猛然瞥见一本作家出版社 1986 年出版的《五人诗选》，是朦胧诗派五位代表诗人杨炼、顾城、舒婷、江河和北岛的作品选。封面皱得厉害，被磨得很薄，发黄的书页都快变黑了。我捧着它，出奇地高兴，一心想要拥有它，但很快发现封底用铅笔标着定价：45 元，心里转而又泛起一丝沮丧，还是有点贵。这时，我的朋友悄悄把那只橡皮递了过来，向我耳语道：“说不定这只橡皮就是店员偷偷给你这样爱书如命又没钱的人准备的呢！”这句雪中送炭之语令我顿时热血沸腾，我立刻想到了孔乙己的名言，但也想起了电影《纵横四海》里身手敏捷又风度翩翩的周润发和张国荣……于是，我拿着书，蹑进一个角落，用那块橡皮神不知鬼不觉地把定价中的数字“4”擦得一干二净，然后大摇大摆地走向收银台，以5元钱的价格将这本珍贵的诗选收入囊中。现在想起来，这真是一段又害羞又兴奋的往事，我总感到书架上那本《五人诗选》里的五个主人公似乎一齐在朝我开怀大笑。

我读书时最常光顾的书店，是国家图书馆旁边的“书乡人”书店，它先后搬迁过三次，在危机中坚强挣扎过好长一段时间，最后还是悲剧性地殒殁了。那些年，我有近一半的藏书是从那里购买的，它赐予了我福音。很长时间，我都保存着每次购书的小票，几年下来，已经积累了厚厚的一沓。买回的书，我一般都在翻开封面后的那一页的右下角写上名字，还有购书时间和地点。这应该是读书人一个比较传统的习惯，而这个习惯，在我开始选择在网上买书之后，也跟着消失了。眼看着身边堆起的书越来越多，然而却觉得与它们十分陌生，我似乎在自己的花园里迷路了。当我开始学会使用平板电脑、Kindle电子书和大屏幕的智能手机，阅读书籍、杂志和文章时，我感到，也许那个能在一间小书店里耗去整整一个下午的穷游时代，一去不复返了。

在数字时代，我们把太多时间花在盯着屏幕看新闻、读段子、刷微博和朋友圈上，拇指已经牢牢锁定了我们，诗人欧阳江河在《纸手铐》中预言的那个“数码手铐”的时代如期降临了。人们渐渐作别了那种能在一堆三流小说中淘到一本 1954 年版《神曲》时的狂喜，作别了用手触碰、掂量、把玩一本书时从内心升起的满足与丰盈，作别了用耳朵享受清脆的翻书声、用鼻子轻嗅纸书飘出墨香时的极乐享受。我们被放逐进一个数字的、平面的荒漠，被困进一种纷繁的单调里，尽管可以随心所欲地徜徉在技术文明的汪洋大海上，却慢慢丧失了航线和彼岸，也丧失了那个遍布山水和表情的心灵花园，我们能够安静待在那里的时间已经越来越少了。快乐来去匆匆，幸福渐行渐远。

在《关于天赐的诗》中，博尔赫斯写出过一个钻石般的诗句：

　　我心里一直都在暗暗设想

天堂应该是图书馆的模样

是的，我们这些感叹人生苦短的人们，都宁愿相信：如果有天堂，它一定是图书馆的模样。图书馆，是守护人们灵魂安宁的一座古老的庭院，哪怕一个拾荒者，他也能在一本自己喜爱的书里熬出半分钟的黄粱梦，梦到另一种幸福人生，驱散了此刻的寒凉和悲哀。实体书店纷纷人去楼空之后，图书馆应当承担更多的责任，赢得更多的尊惜。我们这些因为热爱读书而在物质上无所奢求的人，如能平心静气地置身于一座图书馆中，也就迎来了一个人的“读书节”，那是我们自己给自己的庆典和纪念，是生命的狂欢和至乐。在这个飘满书香的密林和幽谷，我们甘之如饴地把一生中最好的时间奉献出来，收藏好灵魂中那条拒绝进化的尾巴，捧起书，拿起笔，照顾好宝贵的文字和记忆，等待它们重新布置一座人间的天堂。

2014 年 12 月 30 日

北京看丹桥

疏排中的光晕

《读书》问世三十余年来，很少有读者注意到它的封面。他们都急于翻开它，如同翻开一只万能口袋。但他们从未料到，那些成为过眼云烟的封面，可能早已组成一座瑰丽的美术馆；那些封面上的画作，还没来得及经受目光的触碰。是的，一张又一张封面像打了蜡的地板块，让读者冷不防地溜了过去，直到拜服于文字的摩擦力，驻足在毡状的目录和内文跟前，向阅读的丛林摩拳擦掌。对待封面，我们总是摆出回眸一瞥的姿态。

泛光的封面被手指匆匆掀开，像掀开本月的红盖头；又连忙被读书人卷起，像在海边卷起裤管，准备迎风踏浪而行。只有桌面和封底亲吻过它，封面低语着，守着一丝羞怯的光，合围成另一本闭合的书。我们还没有真正凝视过封面。只有当这些白鹅般的小杂志被统统赶上书报架，与那些花色款式尺寸皆不相同的内亲外戚站在一起时，我们才会注意到它的封面——上面的画作简朴而平淡——我们认出它们。它们成为《读书》一种浅浅的标记，或许仅仅因为，此类低调的设计，与身旁的《书城》或《三联生活周刊》等刊物的封面构成最直观的差异。只有不翻开它时，我们才有机会一睹《读书》的封面。我们从未像今天这样，如此认真地打量着它，疑惑着，莫非在每一期《读书》的白色封面上，都站立着一位专心致志的粉刷匠？

本雅明每次使用打字机时，都要使用一种古怪的疏排法，在一个词的每个字母间敲一个空格。这批带空格的词，在某种意义上，需要被过度阅读，它们至少需要读两次：第一次，耐心泅过那些空白的海峡，我们重新抓住几座漂移的浮岛，挽救一个即将解体的词；第二次，我们像坐回小学的课堂里，望着黑板，开口读出上面那个似曾相识的词，也就跟着回忆起某种必然的知识。几乎每一次，我们都能在《读书》的封面或书脊上看到，一行用疏排法印刷的大写的汉语拼音——DUSHU——当我们定睛注视，两个字母的间距似乎更大了。

在这行疏排的汉语拼音之间，恍惚闪现着一串隐蔽的字符。四个神秘的空格，犹如皮箱上安装的密码锁，它们被白纸遮盖着，有只沉着的手在下面快速拨弄着表盘，连空气都忍住了喘气。某一刻，在呼啦啦作响的白纸下面，一串隐形的数字组合得刚刚好，新一期的封面故事也就随之落成了。每一期的年月铭牌（比如这本刚好是2016年第5期），已经为疏排的四个空格偷偷传授了一种组合形式：是1984还是2046？是1024还是2666？这些不可见的数字魔方，似乎将自身翻译成那一期封面设计的主题。每一期封面似乎都能读解成一条时间的暗语。

远的不说，让我们瞧一瞧在过去的半年里，六期《读书》的封面上究竟画着什么（它们出自长期为《读书》杂志工作的封面设计师陆智昌先生之手）。不过，一切看懂这些封面设计的努力都是徒劳的（以2016年第3期为例）：

光滑的木地板围出一只几欲转动的地球仪，搅拌着立体派的诡计。秃头歌女用三根篱笆支撑起维多利亚时代的上半身，但手腕的关节处已经暗示我们，她不过是一只木偶，等待被人提起：看吧，那木讷的表情，那木然的站姿。在一只旧式的卡片柜旁（那些四四方方的小抽屉等待被拉开，里面层层叠叠的卡片等待被快速翻阅），难道她不是一位缄默的图书管理员吗？她的背后，是一片抽象，一片朦胧……像一只偶然拉开的抽屉，我们设想着一段又一段巴洛克故事的片段，如果它哪里不对，我们会马上将另一只抽屉拉开。总有一只盒子的主人名叫潘多拉，那些精怪故事的魂魄都在封面的大玻璃下压成了静默的画。我们只能看着（look at）它，却无法看穿（look through）它。

我们必须在故事的表面倾听着时间吱吱嘎嘎的音轨，品鉴着构图中的惰性元素，掸一掸思想里的重金属。我们只能找到一些颜色，但没有一种是现实生活里常见的。它们只用来表达梦境，类似儿童拼贴画，或者布置出一些思考和出神的瞬间，一沓孤独的蒙太奇。无须逻辑，只要它们愿意存在下去，分分秒秒。我们会找到一些凡俗画布上奢侈的颜料：微苦的杏仁色，松木梯子的浅棕色，加牛奶的香芋色，吸去油脂的曲奇色，谷雨时分的抹茶色……但又不仅是这些颜色自身，而是每种颜色都均匀涂抹着乡愁般的蛋清、蔓草上的白露和隔壁房间的石灰，它们中间似乎都额外加了点漂洗过的灯芯绒格调，和烈日下一小片发白的绿茵……在这些着了魔的颜色中，我们辨认出趴在窗前的一只猫，停在树干上的一只鸟，展厅里的大象，火焰状的灌木丛，鸟巢般的线团……这些颜色和形象——离奇、魔幻、冷静——并非为了再现一个我们熟视无睹的世界，倒更像是为了重建一座正在来临中的家园。它们都被从容地疏排着，像我们神往过的一种精神生活。我们不急于匡正那些貌似合理的秩序，让该疯狂的疯狂下去吧，这些都是艺术家的责任。任何一个《读书》的读者，都将在这里洗涤他们的手指，推开一片被宇宙泄漏出来的空间，追寻着一段从未有过的回忆。

在生活与思想之间，在微烫的水与冷冽的火之间，在急躁的双手和缓慢的文字之间，《读书》封面上那些沉默的图画，以疏排的姿势散播着疏朗而简约的光晕。它一唱三叹，它一步三叠，没有什么可以打扰这投向尘世的静谧之光。它被礼貌地稀释了内部的密度，让构成这些光晕的微粒拉开自己身上的抽屉，绽开数不清的褶子，廓大了彼此间的距离，撑起一大朵降落伞，期待着友谊的云层。因此，我们偶然瞥见的，可能是一座误入其中、呈弱碱性的桃花源。我们似乎蹑进了野兽断裂的肋骨里面，聆听时序更迁的混沌和清脆。打开《读书》，一阵嘹亮的淡泊扑面而来，我们迎候它巨大的摩擦力，用以校准我们每个人体内的世纪时钟，凝聚起疏排中的至善力量，用以活过那些极端漫长又转瞬即逝的苍凉光景。

2016 年 6 月 7 日

北京科学城

补饮之书

《张枣随笔选》在这个盛大的夏天轻盈问世了。它的出版与其说是一次追加的秘密庆典，不如说，是诗人从他过早搭乘的那节地铁车厢里重新走了出来。为了恢复宇宙内部那个似是而非的正常编码，他要去赶赴一场与母语的约会。“是啊，我又来了。永远都说不完的再见。”（让·科克托语）

信奉诗歌“一句顶一万句”的诗人张枣，生前留下的散文作品可谓凤毛麟角。直到将这个精致的选本拿在手中，翻开它黑芝麻糊色的封皮（印有张枣喜爱的梅花）那一刻，扑面而来的，是多年前他带进中央民族大学文华楼里的一丝德国烟草的迷人味道。本书中绝大多数课堂讲稿正是在这种销魂的气味中落成。这个顽皮的导师，一边骄傲地吐着烟圈，一边扬言，要撬开每一位学生紧闭的嘴，要让每个人发出自己的声音。放在他面前的那只方形的蓝色水壶沉默不语，里面装的难道是北京二锅头？

多年以后，我们这些在他眼中羞怯而执着的乖孩子，从诗人的课堂录音里整理出了它们，在这个不断丢失的时代里，我们是否在那叠迟到的文字中，挽留住了些许美好的瞬间和表情？鲁迅、闻一多、艾略特、庞德、叶芝……这些张枣随身携带的老朋友，在我们端坐的斗室里进进出出，凌空飘荡。我们清楚，一只“发甜的老虎”正安卧在我们面前，他发出不可抗拒的温柔咆哮，教会我们认识诗歌，引诱我们开口朗读，让我们“住到一个新奇的节奏里”（张枣：《枯坐》）。“心如狮子”的诗人，对着一张白纸发誓，他要让一册薄薄的《野草》，像啄木鸟那样掀翻新诗史的西红柿地。

那座吸入诗人气味的、凯旋门似的多孔建筑，却在另一个冬日的上午，执行了它相反的使命：它用一部从十三层缓缓下降的电梯，在大雪中送走了一个头戴贝雷帽、步履蹒跚的干咳病人，一个当代中国的荷尔德林。那个消失在西门的诗人，是拐入了热气腾腾的米粉店？还是钻进了一辆出租车？或是折回十三层，变成他信箱里那枝垂首、美丽的小花？我们都不得而知。诗人劝走了护送他的人，他要将孤独和桀骜进行到底：这个必死的、矛盾的测量员，他返回了图宾根，带着他孔雀开屏般的肺。然而，所有读过张枣作品的人们和接受他启迪的学生都宁愿相信，在祖国最慵懒闲散的校园里，在北京最性感妖娆的西门小吃街上，有个孩童一直在寻找一枚丢失的“绿扣子”，那颗“永恒的小赘物”（张枣：《春秋来信》)。

张枣的“绿扣子”一度溜出了他的祖国，在西洋辗转了二十一载光阴。“住在德国，生活是枯燥的，尤其到了冬末，静雪覆路，室内映着虚白的光，人会萌生‘红泥小火炉……可饮一杯否？’的怀想。”（张枣《枯坐》）这个对流亡曾经的赞成者和后来的腻烦者，在国外度过的若干向左漂移的岁月里，只能将孤独和酒精拥在心口，饮下千年的啤酒沫和云中的万古愁。比起那种无边的寂静，永不停息的“绿扣子”决定回到汉语的摇篮里，它终于让张枣告别孤独堡，引荐他踏上望京新城的一片快活的解放区。这个远离德意志和民大西门的京城东北角，是张枣归国后常去的地方，诗人在那重拾了他久违的热闹和午夜的补饮。

对于张枣来说，散文似乎是对诗歌的补饮。他在诗歌的终点处眺望着另一些文字：散文诗、序跋、演讲稿、课堂讲稿、访谈和译文。它们并非诗人着意为之，且体态驳杂，却在一处诗意的磁场中，被整齐地排列在满怀期待的读者面前，

“从枯坐开始，到悠远里结尾”。让驻足在诗歌西门口的我们，在被废黜的红绿灯下，泅渡过秩序的斑马线，如同登上一架松木梯子到了云间，到街对面散文的奶茶店里去“喝一种 / 说不出口的沁甜”（张枣：《枯坐》），那里满是漂亮姑娘。

这架梯子，同时也将沁甜搭进了这册令我们爱不释手的小书里，将那枚“绿扣子”招惹进来，看它如何用一种活泼、逶迤的轨迹，展示出诗人力图实现的那种“百分之三百”的精确性。这种精确性的达成，必须是补饮的结果，在酣醉中求取难得的清醒。在以诗歌为珍贵元音的张枣那里，散文是他历久不散、回味无穷的辅音——元音永恒的小赘物。它焕发着诗意巨大的繁殖力，它为我们的生命增添必要的系数和指数，它向读者绽放着娇羞而神秘的光泽，亮出张枣的浪费美学，诗人的离心之蜜。

《张枣随笔选》在他高度凝练的诗歌之外酿制了这种离心之蜜，以供我们凝神补饮。它用一种更加明晰的声音，诠释着“词就是物”“写作就是生存”的真理，它召唤着诗人走出西门，去赶赴下一个命运的约会。他将伟大的诗歌从远方带来，留在了这片布满长椅和草坪的诗歌自治区，留在红色礼堂前的布拉格广场。在那里，一首诗可以在五分钟之内迷倒一个女孩，夜游的恶鸟会“哇”的一声从枝头逃跑。于是，“往事如精液向外溢出”（张枣：《厨师》）：湘楚、巴蜀、德意志、西门、望京……诗人同时留下了毒药和解药，在宇宙内部那个似是而非的正常编码中，我们靠它们来谱写每个人的练习曲，发每个人的羊痫风，中每个人的谶，开每个人的锁，营造每个人的拜伦和我们自己的官方。本书在优雅的离心运动中厘定了一种向心的甜：诗歌应该做点别的，做那些最要命的。

2012 年 5 月 9 日

北京法华寺

他夜相逢

如何打开《福柯 / 布朗肖》这本小册子？我用到“打开”一词，与本雅明有关。他收在个人文集《启迪》（阿伦特编）中的第一篇文章，就叫做《打开我的藏书》。按照本雅明的方法，作为一位普通读者，我打开手边这本书，与它的收藏者和居住在书中的写作者分享同一种心境：不是哀婉，而是企盼。对，就这样，宛若骑士揽住公主的细腰，我将书身轻托于右掌，握紧它坚硬的外缘，用左手小心翼翼地翻开那别致的封面，它曾像贝壳一样护住文本洁白的肉身，如今却羞涩地绽放出内部的光芒；翻阅那比一般书籍略小一圈的书页，这让我能够像握住手机或钱夹一样握住它，适合装进随身的衣袋里，去证明那条叫做“爱不释手”的成语。

翻阅，缓慢地、不停地翻阅。我的手仿佛在一只碗里搅拌着鸡蛋，在源自内心的阅读冲动下，时间变形为另一种平静而黏稠的东西，它静止不动了，等待在我高烧的额头沸腾。

只有纸张在跃动和摩擦时发出的窸窣声，只有文字训练有素的舒张和挤压。如同捧着一对方形的肺，让面孔隐入纸页间，我深嗅那细密的书香，关掉大地上所有的灯。在雾霾之城中，废墟分泌仙境，书籍遮住口鼻，我只好翻阅手指，说着缄默，学习用目光亲吻，用双手呼吸。我打开了两个英雄般的名字——福柯与布朗肖——法国当代璀璨夺目的思想银河里两颗相互遥望的星星。在这本小册子里，他们赢得了翻阅对方的良机，两个名字找到有氧运动的小绿地，借自对方身上的光线照亮自己。尽管他们在现实中仅发生过一次欲说还休的谋面：一个坦言，另一个讳莫如深。五月风暴，索邦大学，热血与自由，黎明与灰烬……那些风起云涌的时日，统统都被这本小书的紫色封皮挡在了外面，一如前世的风景。在这本摊开的小书里，柔软的肺叶铺成两把虚位以待的椅子（刚好符合封面上那张黑白照片所显现的），桌上还飘着些微暗的余烟，倾谈声低徊悦耳，世界多么宁静。

福柯谢世后，布朗肖为他的作品做全身按摩，拉开他思想的每一只抽屉，逐个打量、鉴定和清算这笔危险的遗产，并峰回路转、真情流露，宣示出二人没有私交的知识友谊（《我想象中的米歇尔·福柯》）。福柯却在生前早已瞄准了令布朗肖心服口服的笑穴——它隐藏得如此幽深，连同他扑朔迷离的身世——此刻它正接受着一位陌生读者流星般的组合拳。在布朗肖突如其来的开怀大笑中（它已与福柯在阅读博尔赫斯时发出的笑声混成一块），不可遏止的精神力量无穷地释放出来。借助它，福柯试图击溃人们对语言的牢固幻觉，归还它灰色、散逸和沉默的本相。这是一项何其艰难的工作，两人此番心照不宣的密谋，有没有可能引起知识界新一轮哥白尼式的革命？（《外界思想》）这是一场只有他们两个人的对饮和宿醉，天空落下帷幕，无声的交谈绵绵不绝，打烊的钟点一拖再拖。最后，福柯眼前升起一片浑浊的蜃景，他饶舌般痴念着俄耳浦斯的遗忘和尤利西斯的等待，而布朗肖则一针见血地吟咏出第欧根尼·拉尔修给亚里士多德的赠言："哦，我的朋友，我没有朋友。"

在真正打开这本书之前，我要先打开这个句子："哦，我的朋友，我没有朋友。"德里达在他的《友爱的政治学》中，几乎用整本书的篇幅来讨论这个神奇的句子。是的，我在对我的朋友说，这世上根本没有朋友；如果不存在朋友，我又在对谁讲话？我们应该用反向的逻辑来打开它吗？这个句子是否道出了某种真理般的情境？是不是所有的伟大友谊都可以通过这句话来检验？我与我的朋友之间，并非畅通无阻地相互接近，而是在一种根本的分离中重建关系，以陌生人的身份、绝对的差异、匮乏的沉默和共通的秘密来迎接彼此。是这样吗？至少布朗肖相信："把我们分开的东西，即是真正建立联系的东西，是一种关系的深壑，在这里以质朴的方式，存在着友好认可的一致，永将维持。"（《论友谊》）然而，这世界上最遥远的距离，恐怕唯有一个人与他自己之间的隔阂和差距吧？他总是在时刻不停地背叛自己，而世界上最难的事情，也莫过于一个人与他自己做朋友了。的确，朋友从一开始就不存在，我们应该想方设法在分离的境况中看到友谊的可能性。或许是孤独在作祟，难怪福柯在《知识考古学》的结束语里，模仿布朗肖的惯用伎俩，以自问自答的写作方式，唱了一出精彩的理论独角戏，用他"微微颤动的手"，布置一座期望改变自我面孔的迷宫。

这层深远的用心已然植入本书的标题——《福柯 / 布朗肖》中，在两个响亮的名字之间，何以插入一道莫名其妙的斜线（/）？其实，罗兰·巴特在炮制他的《S/Z》时，已经开始这么干了。在这本对巴尔扎克的中篇小说《萨拉辛》空前绝后的拆解性著作中，巴特将两位小说主人公萨拉辛（Sarrasine）和赞比内拉（Zambinella）名字的首字母置于斜线（/）两侧："S和Z处于书写符号的相反方向的关系中：这是同一个字母自镜子对面看过去呈现的样貌……这条斜线（/），便有一种让人惊惶的功能：它是表示删除的斜线，镜子的表面，幻觉的墙，对照的边界，界线的抽象……"（《S/Z》）楔入福柯与布朗肖之间的斜线（/）执行着镜子的功能，它在两个试图走向对方的朋友间打上一个间隔的符号，他们听到斜线（/）发出了禁令，感到一层冰凉而坚固的玻璃。布朗肖在谈论福柯时顺便说道："从镜子中他看到的不是自己的影像，而是一个自己渴望成为的人。"（《我想象中的米歇尔·福柯》）斜线（/）也是那层玻璃上的水银，它让分居两域的人各自在镜子里看到对方，在截然不同的位置上分享着同一种心境，在一道无法消除的沟壑前成为彼此的幻影朋友。

"哦，我的朋友，我没有朋友。"位于福柯与布朗肖之间的这道斜线（/），刀锋般地凝缩了这个被我们反复咏叹的句子：它是对"朋友"毫不留情的删刈和涂抹，也无比热切地召唤着"朋友"的不断到来。是的，在我们想要打开这本书和这个句子之前，更亟待用正确的方式打开这道斜线（/）。它斜立在一对幻影朋友中间，像湍急的河水将他们分别推至两岸，这是否意味着——断交？朋友，或许从来都是从断交开始的。断交，能否成为友谊的起源？是的，断交，大路朝天，各走一边；爱恨扯平，两不相欠。断交，不同于古典语境里的“割席断交”——管宁与华歆之间确实出现了一条不可弥补的沟壑（/），在福柯与布朗肖之间，这道沟壑（/）意味着“朋友”概念的现代转换：友谊，正发端于断交，它源于先于一切的否定力量。断交，甚至首先是自己从自己身上愤然离去，一个人删除了自己，涉渡过凶险的斜线（/），走向另一个人。在断交的意义上，在福柯与布朗肖这两个名字之间，顺理成章地出现了一道斜线（/），让人们在断交中迎接友谊的来临；它也必须被安置在那里，让我们猛然间读懂了这句古老的箴言：“哦，我的朋友，我没有朋友。”一个意味深长的“哦”里装着多少欲言又止的故事，带着这句话的余响，我返回到庄子那里。断交，似乎早就在汉语思想里冒泡了，难怪我们一直在说：相濡以沫，不如相忘于江湖。

一对朋友在不可或缺的斜线（/）两侧分享了同一种心境：不是哀婉，而是企盼。斜线（/）终究不过是一道闪电，划破夜空，瞬间照亮了一个人隐藏在他人身上的自我面孔。福柯与布朗肖，这对各走一边却相互惦念的幻影朋友，也在闪电降临的一刹那，从自己身上瞥见了那位朋友的清癯容颜，他正从断交的疤痕里走出来。白昼与黑夜是朋友吗？他们被黄昏或晨曦分割在斜线（/）两侧，终日不得相见。以辩证法的眼光来看，白昼中包含了黑夜，黑夜里蕴藏了白昼，两者可以实现彼此的转化，那么福柯与布朗肖却偏偏不在这里。两人并没有在貌似万能的辩证法中看到对方，因为，在辩证法的怀抱里，白昼和黑夜都是可见的。他们进入了另外的情境里，步入了两者共同企盼的虚构殿堂。福柯说："虚构永远不在事物或人群中，而是处在介于二者之间的不可能的逼真中——这不可能的逼真也遭遇了最遥远事物的临近，和处在我们最中间部位的绝对掩饰。因此，虚构作品不在于展示不可见，而在于展示可见物的不可见性的不可见程度。"（《外界思想》）为了区别于那个可见的黑夜（因为它完全依赖于白昼而存在，反之亦然），与福柯肝胆相照的布朗肖便虚构了一个他夜，即第二度的黑夜，它是黑夜的黑夜，是黑夜的外界。他夜正指向那个可见黑夜的不可见性，它由一道闪电（/）所揭示，几乎同时又将它隐藏起来，守着黑夜绝对的秘密。

斜线（/）制造了他夜，我在他夜的心境中将斜线（/）打开，也满怀激动地打开了《福柯 / 布朗肖》。如果说，黑夜是白昼的潜能，因为它具有转化为自身对立面的可能性，那么这依然是涌向现实的潜能；而他夜是黑夜的潜能，与前者的不同之处，在于它是一种无法转化为可见黑夜、更无法转化为白昼的潜能，这种潜能正宣称他夜自身的不可能性。从不可能的方向看，我们如此清晰地喊出："哦，我的朋友，我没有朋友。"在他夜中，白昼与黑夜的和睦交替已经失效，词与物的密切合作也不复存在，只有沉默中的闷声呢喃、黑暗里的粼粼萤火，只有缺席的在场、虚空的充盈。他夜是虚构者的天国，是思想的潜能，一切内在性都片刻不停地向外流溢，一切聚集都解散了，断交的朋友在那里重新回返（包括那离去的自己），仿佛时光倒流。斜线（/）一下子消失了，尽管它还在那里，福柯与布朗肖在未来之闪电中翘首企盼，相逢于他夜，分享着同一种高贵的心境，这情形，仿佛过早离去的拉博埃西对他的朋友蒙田预言的那样（他已乘着夜色在蒙田身上回来）：

> 如果命运如此希望，那就可以肯定
>
> 后代人将会把我们的名字写进伟大朋友的名单。

2014 年 4 月

北京看丹桥

玉梯的曲直

一

把序言当做专业的文学批评来写，而且批评工作几乎做到“无所不用其极”，这是我阅读秦晓宇的近著《玉梯——当代中文诗叙论》(《新诗》第十六辑，蒋浩主编，下简称《玉梯》) 的第一印象。这部沉甸甸的著作论据翔实丰满，评述中见地迭出，在批评实践上也有诸方面的突破和创新，体现了作者作为一个诗歌批评家的责任感和职业态度，这一点十分难得，也令其同行由衷钦佩。有趣的是，这本厚厚的序言集更新了一般读者对序言功能的理解。按照一般的常识来看，序言一般都请名人来撰写，往往带有指点江山、提纲挈领、以少胜多和蜻蜓点水的意味。这种写作常常点到为止，发挥的是一种“路标”的作用，是在风景入口处设置的一个醒目的箭头，它引诱我们往前走。本书作为一种非同寻常的序言，则超越了“路标”的功能，这里实现了批评声音的前置：这种声音超乎预料地提前到场了。

按照通常的顺序，批评大都是后置的，是位于批评对象之后才出现的，读者一般是先读到作品，其后才读到关于它的批评文章。在《玉梯》中，这种顺序发生了颠倒，甚至让很多读者感到迷惑不解。我们尚未读到那部同名诗选中收录的作品，还不曾与那些被归入各种名号下的诗歌作品谋面，而是率先读到六篇具有专业批评性质的序言。在这里，“路标”换成了一位训练有素的职业讲解员，由她带领我们亲自去游览、欣赏每一个细微处的美丽景观，而经典意义上的阅读被有意地推迟了。

这里的问题是：这种颠倒的发生究竟会产生什么影响。我倒是赞同和鼓励这种颠倒。这种作品与批评之间的倒置是否会带来阅读过程中的观念先行，进而不自觉地挟持了我们阅读的自由性？我并不太担忧。常言道：“《诗》无达诂。”对诗歌文本的阐释是开放性的，在每一位无立场的读者那里，同一个文本会产生不同的阅读效果，每一位读者千差万别的阅读权利都应当受到尊重和保护。这是一种极为常见的、维持阅读纯洁性的观念，它在一定程度上是有道理的。

我们可以换个角度来思考这个问题。因为这部诗选似乎从一开始编选，就包含了一个秘密的前提——面向专业读者——因而径直采取了这种标新立异的编排体例。我们前面担心的那种给阅读带来的消极影响，在专业读者那里几乎可以忽略不计。专业读者一般都具备一定的反思精神，没那么容易被一种固定的观点挟持。尽管被挟持是一种更加方便省事的办法，但当《玉梯》作为一本序言集摆到他们面前时，实际上收到的是一种“欲纵故擒”的效果。秦晓宇利用这种有意为之的错置，激发了一种阅读的逆向思维。他用序言的方式写出了反序言，看到了风景中的反风景。作为诗选《玉梯》的编选者之一，同时作为用心良苦的序言作者，为了把那些被遴选出的心爱诗篇最终酣畅完满地交给读者，他事先决定把它们捏在手里。他制造了诗歌的“上手状态”。那些有幸入选的诗歌作品，越是被编选者谈论得经天纬地、游刃有余，就越有希望切近它们的本真与自然状态，就越易于向更广大的读者敞开，就越能开采出蕴含其中而意想不到的诗意的可能性。

在一种隐秘的意义上，《玉梯》体现了专业读者与编选者之间的原始争执。一方面，编选者营造出一种提前到来的批评氛围，力图将细读与深读的要求放在阅读顺序的最前面，这种愿望落实为一种举步维艰的、向前涌逼的推动力，迫切地希望把他们言之有据的编选理由和阅读发现尽量地推向前台。另一方面，专业读者是文本天然的闯入者，是无辜而天真的使者，他们潜意识里总喜欢拒斥任何定论，而直接触碰作品的皮肤，他们长着一双伸向文本内部的阅读之手，形成一股向后的追捕力。这两种力量在根本上具有相反的方向，争执是不可避免的。阅读的真理正依赖这种争执。我们率先读到编选者的批评性序言，在这争执的发生之地，在专业读者与编选者之间，在前置的批评声音和推后的文本阅读之间，形成一个看不见的缝隙。这个因争执而产生的缝隙，并没有像我们想象的那样，让读者和编选者变得疏远，甚至敌意。相反，这里提供了一块方便双方展开对话的土壤，就像讲解员总是给游客道出最完善的风景知识，而游客却要反复质疑讲解员对某一景观的成见，因为他看到了不同的东西。讲解员在帮助游客照亮风景，游客总希望看到反风景。在本质的意义上，风景就是反风景。争执会让双方看到更多，得到更多。在这个看不见的缝隙中，一个全新的阅读可能性被打开了。

海德格尔在《艺术作品的本源》中指出：“争执并非作为一道纯然裂缝之撕裂的裂隙，而是争执者相互归属的亲密性。这种裂隙把对抗者一道撕扯到它们出自统一基础的统一体的渊源之中。”这种在专业读者与编选者之间因争执而产生的对话，其实正达乎了阅读任务召唤来的亲密性，双方在这里找到了共同的渊源。一方面，这种对话可以引起读者和编选者之间对某些一般性问题的关注和共鸣，编选者代替读者将它们提出来并做出阐释。另一方面，这种颠倒也可以在两者间保持一种必要的张力，一个交谈和争论的空间诞生了，它有助于读者率先对序言采取一种批评姿态，至少在对序言的阅读中，调适好自己的阅读知觉，保持住阅读的警觉，进而更好地反驳和纠正它。这种准备工作，让读者在正式阅读作品之前，就能先行获得一个与编选者同样精确和宽阔的视角，带着一种问题式的兴趣感和责任感去踏入作品的迷楼。这一过程让读者提前认领了编选者的批评精神，与通常意义上的阅读实践相比，此刻的读者要更加认真、严肃、小心翼翼地迈出他们的阅读步伐，左右试探自己的直觉，时刻准备着与编选者的观点交锋。相信这种反序言的序言会给读者带来一番全新的阅读感受。

这种“欲纵故擒”的技艺，既教育了读者，也驯化了编选者自己，双方在气质上是方向迥异的两股力量，刚好纠正和消除了彼此的剩余幻想，达到阅读场上的平衡状态。《玉梯》的独创性之一，就体现为这种颠倒和错置。编选者极为专业的批评性序言，实现了一种“破坏”，是对作品的捣毁和剁碎，是敲骨吸髓式的研究过程。对于这种精密而专业的批评工作，读者并不是要等待编选者把整块的蛋糕切成小块喂给他们，让编选者扮演保姆的角色，而是应当帮助读者撬开置于蛋糕周围的玻璃罩，打开它的包装盒，帮它宽衣解带，然后知趣地速速撤离。这种破坏式批评，驱散的是附加在作品外部的浓雾，我们在正式进入阅读之前，必须要剔除这些无形而杂乱的枝蔓，从而能够更顺畅地进入专业的阅读状态。比如对抒情诗、叙事诗、组诗、实验诗、新古典诗和长诗等几种诗体明确的界定，以及对这几种诗体历史渊源的交代和考证，都帮助我们更快更好地进入颇具深度的阅读境界。只有卸除掉读者观念中固有的障碍，才能向本真的阅读状态敞开。

经过这种“破坏”，诗选中的作品更像是一种经过艰苦战斗之后的胜利果实，是被剥了皮的荔枝，是战利品，是雨后的彩虹，也是缪斯和海伦的合体。读者要想真正进入作品，就必须进行一场艰苦卓绝的阅读，像经历一场激烈而煎熬的战斗，身临其境地体验这场“破坏”。每一篇序言中体现出的那种博大精深的气魄和专业态度，是读者必须攀登的一座高峰。他们必须把一些问题在阅读之前大面积地解决掉，这六篇批评性的序言正在帮助读者与那些问题做斗争，从而为他们面对最本质的问题扫清障碍。如果序言中没有触及那个最本质的问题，他们可以在进一步的阅读中继续探索；如果序言中已经提出了这样的问题，那么，他们将在诗歌文本的阅读中来检验它。带着这种多重阅读体验，读者才能在真正进入作品时，品尝到胜利后的喜悦、疲惫后的轻松，以及破坏后的重新聚合，体验到缝隙带来的亲密性。凡此种种，皆可印证《玉梯》“欲纵故擒”的技艺。

二

我们接下去不妨考察一下这种“欲纵故擒”的精神在文学批评上的意义。《玉梯》虽然是一本序言集，其实更是一部严格的学术专著，作者秦晓宇的非学院化身份，为目前的诗歌批评界注入了令我们为之振奋的元素。艾略特在《传统与个人才能》和《批评的功能》两篇文章中，表达了这样的看法：批评就是寻求一种体系。在这个意义上，秦晓宇的工作堪称用心良苦。

作者在该书的序言中交代："在整体结构设计上，与一般的诗选在作者姓名下简单罗列作品不同，我们将全书分为六部，每部聚焦一种诗体，分别为：抒情诗、叙事诗、组诗、新古典诗、实验诗、长诗。"此外，在这种分类的基础上，要写出六篇序言："基于不同的诗体特征，在细读深读的基础上，从古典资源、外来影响、历史源流、现实因素、形式美学、思想价值、中文特质等方面，充分回应当代杰作，并力求在'诗的诗学'意义上有所建树，由此引导读者进入当代中文诗歌的无限风光。"随后，作者又进一步谈到这六篇序言"完全可以理解成是在探讨诗歌方式"，"譬如《宇宙锋》谈诗歌的抒情问题，《时间的迷楼》谈诗歌的叙事问题，《蟠结》谈结构问题，《江春入旧年》谈形式、格律问题，《璇玑》谈汉字的符号诗学问题，《屈源》谈诗歌的重大主题、思想性和综合创造问题"。这种看似针对性十足的处理，其实是在不同角度和层面上树立起诗歌批评的样板。《玉梯》最终想解决的不是类型学上的问题，而是借此为诗歌批评创立一套综合性的行动意识，指引出阅读上的新趋势。

用秦晓宇自己的话说："这六篇文章涉及的所有诗学问题，大体可以分为文化诗学、形式诗学、汉字的符号诗学这样三个互相关联、相互包含的层次。"尤其是在汉字的符号诗学这一维度上，本书对当代汉语诗歌做出了杰出而具有启发性的探索，认为"汉字性就是中国古典诗词的根本诗意。汉字以它的在场，它的结构法则和美学原则，深刻地控制着后者的书写"。接着，他进一步揭示了一种尚未得到足够重视的解诗法："极少数诗人在古典传统的启示下，开始重新思考汉字与诗歌的关系，一种字本位的诗学观念逐渐形成：通过对字的自觉，发展字本位的思维方式和修辞艺术，让诗歌返回汉字性。换言之，他们要求自己所写的不仅是'汉语的诗'，进而也是'汉字的诗'。"这种可能性的实现，想必是作者希望在该书中着力强调和实践的。他表面上分别赋予了六篇序言彼此不同的功能，但它们却在一套隐性体系中肩负着相同的责任，执行着共同的任务。

在此，我们可以找到《蟠结》一章中的一段话，用谈论诗的方式来谈论《玉梯》在追求体系方面的内在策略：

组诗是由若干首诗组成的诗组，一种兼顾个体与总体的诗歌创作体式。首先，组诗的基本单元并非欠缺完整性的“诗节”，而是一首首可以单独成篇，一般均有题目的“子诗”，它们不曾为了整体而牺牲其独立性；其次，这些子诗又形成了一个标有总题的统一体，我们往往可以从主题、风格或形式上确定这一点；最重要的，组诗作为整体绝不先于或脱离其子诗而存在，亦非各子诗的简单集合，它是由相互联系的子诗按照一定的结构组织而成的，“通过成为一个整体的安排产生一种比纯粹加在一起还要更多的东西”。

正如《蟠结》考察的是组诗的结构原则和形式意义，《玉梯》其实也在以同样的方式探索一种批评的体系。作为一部“组序”或“序组”，《玉梯》在多中求一，在杂中提纯，在闹中取静，放则汪洋恣肆，收则沉潜内敛，展示了作者深厚的批评内功。如同《璇玑》一章指出的那样，作为一种既精巧又壮观的批评装置，《玉梯》可以“在任何地方开始”，开辟出深入文本核心的研究路径。

本书在批评上的抱负和成就，让我们不由想起了诺思洛普·弗莱的名著《批评的解剖》。这是一部体系完备的伟大著作，正是以它为开端，西方知识界才真正把文学批评当做一门独立的学科来看待，对它进行比较系统的建设和探讨。在编排体例上，弗莱将他的著作分为历史批评、伦理批评、原型批评和修辞批评四个部类，这与本书建构的体系十分相似。如果说这只是一个形式上的巧合的话，那么，我们还可以从观念上各自加以考察。弗莱在他的著作中有一个知名的观点，也是他研究的立足点："我所说的批评，是指涉及文学的全部学术研究和鉴赏活动，它属于你不妨称做文科教育、文化或人文学科研究的范围之内。我的出发点是这样一个原则，即批评不仅仅是这一更大活动的一部分，而且还是它的主要部分。"这种对批评的基本观念，在《玉梯》中同样鲜明地体现出来，我们似乎可以将它看成一种大批评观念。在这种观念的关照之下，他用纵横捭阖的论述为我们搭建了一座批评的"玉梯"。这座气势磅礴的"玉梯"，不但为目前中国的诗歌教育树立了一个登堂入室的阶梯，提供了一个高水准的研究典范，而且也为中国的诗歌研究界规划了崭新的作品评价机制。

在这部序言集的序言中，秦晓宇指出："当代中文诗歌批评，只能像它的研究对象一样，归入民间文学传统：诗歌还有其修辞艺术的‘掩护’，批评却在缔造一个洞幽烛微、直言相告的世界。”尽管中国当代一流的诗歌批评还处于一种尚未完全打开的局面当中，但《玉梯》在这里传达出了一个重要的信号：批评旨在缔造一个“直言相告的世界”，它依靠的是一种具有高超判断力和穿透力的声音。弗莱在《批评的解剖》里也表达过类似的观点，他说：“毋宁说，批评之于艺术，恰如史学之于行动，哲学之于智慧：人类的创造力本身不会说话，文学便是用言语来模仿这种创造力。正如同哲学家能够从哲学角度思考一切，史学家能用历史观点思考一切，批评家同样应善于构筑起一个自己的观念世界并生活在其中。”这个世界，在一定程度上，就是秦晓宇指明的那个“直言相告的世界”。这种“直言相告”的批评品质，接近于史家“秉笔直书”的精神，它用最简单的方式洞穿和诠释了最复杂的世界。在宏观上，体系的建立是最大的直言相告。在具体批评操作上，作者希望通过建立一种具有细节爆炸力的文学批评，来保持这种直言相告的穿透力和持久性，比如借助汉语的文字学、音韵学和训诂学资源，在最基础、最微观的层次上开拓当代批评的新疆域。这不得不说是一种极其有益的尝试。

借助《批评的解剖》给西方批评界带来的冲击和启示，我们也期待《玉梯》能够掀起中国批评界的一次“哥白尼式的革命”，能够呼唤诗歌研究彻底地拒绝空疏高蹈的作风，以及不着边际、有恃无恐的过度阐释习气，让批评回到批评本身，回到文本上来。一个诗歌研究者只有在站立在文本的田野中，才能底气十足地登上这架批评的“玉梯”。《玉梯》的出版，帮助更多有责任感的批评家摆正了批评的位置。它有望在中国当代批评界重新确立一个高级的批评趣味和格调，力争借此建立起一个成熟的批评体系，并且在这个体系中为中国新诗提出更有价值的世界性问题。

除了上面提到的几点突出成就之外，《玉梯》还具有一个尤其引人注目的特色，就是仰仗作者足够的勇气和才能，堂而皇之地对长诗做出的精彩剖析。《屈源》一章或许是中国当代诗歌批评界第一篇谈论长诗的重要研究文章，同时，也让读者首次通过阅读如此庞大规模的文字，来正面了解和见识到中国当代诗歌史上的长诗作品。在这一点上，《玉梯》为我们献出了一个精彩绝伦的开场白。对于该章中提及的那些长诗作品，有一半以上几乎没有被职业批评家认真谈论过。反过来看，这不得不说是当代批评界的一个遗憾。对长诗卓有成效的研读，或许需要更加严格和高级的素质，但长诗批评的先天孱弱，似乎也从侧面反映出了当代批评界的一些隐疾。

卡夫卡讲过一句很著名的话，他说："人类有两大主罪，所有其他罪恶均和其有关，那就是：缺乏耐心和漫不经心。由于缺乏耐心，他们被驱逐出天堂；由于漫不经心，他们无法回去。也许只有一个主罪：缺乏耐心。由于缺乏耐心，他们被驱逐；由于缺乏耐心，他们回不去。"缺乏耐心，这个卡夫卡眼中唯一的主罪，在当下也成为考核长诗批评的一项重要素质和标准。对长诗的阅读本身就是一项考验耐心的过程，卡夫卡早已对我们直言相告了。而现在的情况是，可能大多数的中国读者，连读短诗的耐心都没有了，更侈谈细读深读，读出内容、水平和气象。对耐心的培养，并非一朝一夕可以完成，它直接关系到全民族人文教育的成败，这也可能是中国的批评家亟待补上的一门功课。

2012 年 10 月 30 日

北京法华寺

姐　姐

近三十年汉语文学 / 文艺作品中，闪烁着一个词：姐姐。这里的谓语不是徘徊，徘徊着的是父亲，弓着腰，抽着烟，伴着盗版国际歌，“一个幽灵，在魏公村上空徘徊”；也不是滑动，滑动着的是妹妹，是牛奶加入蜂蜜，是舒肤佳原味香皂，带着滑腻的音节，“甜蜜蜜，在哪里见过你？”在政治 / 公共空间和情欲 / 私密空间之间，有一种身份无处归类，那就是姐姐。姐姐是闪烁、跳荡的，也是隐忍、遁逝的。她不是月亮，没它冷艳；不是启明星，没它高贵；不是北极星，没它笃定；它不是恒星，永远失去了被人仰望的资格；甚至也不是流星，那是另一个任性的女子——邻居家的姑娘，太耀眼了，变化太快，不等待任何人爱上她，她总是那另一个。姐姐却总是这一个，母亲用手指了指，一颗从不掉落的陨石，晦暗，沉默，无家可归（她去深圳打工了吗？）。她只会闪烁，把自己一半藏在漆黑的海水里，那么多秘密；另一半是被撕破的旗，随着东西南北风摆动，她什么活儿都会干。闪烁，是一种无法习得的语言，它跟一种卑微的命运一道降临，是毛孔的翕张，是冷暖软硬，是躲进青草丛里灰色的野鸭子，抖落一身水花。

一个词——姐姐，闪烁在近三十年的汉语文学/文艺作品中。它从不是主流，不是小清新，不是异端，也不是神秘主义。它只是姐姐，采取了闪烁的形式，一只用旧了的灯泡，变凉的白开水。姐姐，闪烁在我们周围，能抓住的却很少，姐姐是一只抽象的蚊子。她们都去深圳打工了吗？我能找到的关于姐姐的四个文本，不一定准确全面，只是顺便想起的。在这个深夜，我听到了四种声音里的姐姐，它们是：

1. 1988年，海子的《日记》。最后一句最有名，“姐姐，今夜我不关心人类，我只想你”。的确啊，这是唯一的、最后的抒情，甚至不用多说一句，是不是真的写给西藏女诗人、“拉萨河女神”H的呢？但很明显，一种词语中的姐姐诞生了。姐姐的脸上垂下面纱。

2. 1992年，张楚的《姐姐》。“姐姐，带我回家，牵着你的手，你不要害怕”；无数遍追问，那个侮辱你的男人到底是谁?

3. 1994 年，朱哲琴的《阿姐鼓》。一个极其震撼、重口味的故事。据妹妹讲述，姐姐少女的皮肤被做成了一面鼓，那声音穿透世间的一切事物，打在心上。循环洗脑的六字真言："嗡嘛呢叭咪哞"。

4. 2015 年，徐林的《姐姐》。原唱是台湾电音女王谢金燕，后被《中国好声音》第四季学员徐林改编，这位 R&B 小王子，点燃爆棚的节奏感，女朋友火了，把那英也唱嗨了，后来被收入周董麾下。歌词没什么特别深刻的地方，只记得反复重复着那句："咚滋咚滋咚滋咚滋……跳针跳针跳针……"有点意思。

四个文本放在一起来比较，会有很多有趣的发现。在这里，只能简单说一两点罢了。文学 / 文艺作品寄托人类生存的基本精神和意义，都有想要追求永恒感的梦想，即抱有一种追求绝对的原始冲动（或许是人类固有的一种朝向"姐姐"的情感皈依，或许是对异性的情欲追求，很模糊，说不清）。这个过程需要借助适宜的形式，它在某种程度上就是内容（比如"姐姐"这个角色，这个称谓，就是这把剪刀的轴心），并且在历史上存在一个大体的规律和趋势，但也只是以闪烁的形式表达出来而已。

如果把以上四个先后诞生的文本视为包含历史信息的作品，那么我们会发现：海子在呼唤姐姐的时候，首先讲出来是一种哀矜的知识分子的语调，因为他本来是要准备去关心人类的，却无可抑制地思念姐姐，只不过依然停留在《诗经》划定的抒情地平线上，即“乐而不淫，哀而不伤”。这里出现了一种悲壮的边陲感，边陲就是德令哈，这个荒凉的小地方也因为这首诗而闻名遐迩。虽然是边陲，但海子的诗里却充满了身处中心的骄傲感。意思是，人类我都不想关心了，我在想你，姐姐，你比人类还要重要，更加中心。你是中心的中心，你是母亲中的母亲，你是情人中的情人。另外，海子使用的是现代汉语，对接了一种盘桓千余年、脱胎于农耕文明的古老情感，因而是传统的，却有出奇的破碎感。他呼喊姐姐，而不是母亲或妹妹，这一点实在是既超前又天才的神笔。海子的《日记》拆开了囚禁姐姐的铁屋子，他掮住了黑暗的闸门，想给姐姐自由，想让人们看到姐姐，但是姐姐果真跑出来了吗？

相比之下，张楚的声音放下了知识分子的调子，成了一个日常化的抒情分子。带着失败和颓废的姿态，有反抗的元素，但显然太势单力薄了。他的声音里充满无助，他呼唤姐姐，把自己想象成一个羞涩的、穿着宽大衣服的男孩（但在父亲面前，他渴望成为大人——“我的爹整天喝酒，他是个混球”——他说，父亲不是他的对手）。张楚的《姐姐》，前奏是很传统而婉转的笛子声，忧伤，绵长；背景显然是城市，而且是在黄昏时分，一座熟悉的城市露出一点伤感和悲悯。晚饭后，一个青年在街上漫无目的地溜达，流里流气，想着心事，不断絮叨，胡言乱语，憎恨着家庭和他周围的社会，呼唤着心里的姐姐。只有在姐姐面前，一个失败的男人才能回忆起有尊严、有爱的时刻，除此之外，他所遇到的，全都是沮丧和伤害。同时，一个男人其实也在姐姐那里认识女人，进而认识人类，这点很重要。与海子的《日记》相反，张楚歌中的城市不再是中心，因为流浪在城市里的人并没有中心感，反而充斥着强烈的边缘感和溃散感。想想 20 世纪 90 年代初中国的精神状况吧，一个理想主义的年轻人该经历怎样的创伤和苦闷？一个男人的梦想是渴望让姐姐牵着手回家，不再惦记着出人头地。张楚似乎又回到了海子那里，疾行的社会变迁带给他过早的疲惫，让他成了传统世界的渴慕者。

张楚的声音在高潮部分是极端绝望的，抑制不住地失声、走调和破音。但我们却最爱听这部分，那是形式与内容不可分辨的区域，那里已经出神入化了。

朱哲琴的《阿姐鼓》走了一条精英主义的路子，她不讨好大众，她要讲故事，当然是用音乐，用形式。《阿姐鼓》是自我边缘化的，它要让有心人自己循声而去，而不是让自己主动靠近他们。故事是最好的故事：一个年轻女孩的死，却在乐器中复活，谁来写都不会差。因为最上乘和纯粹的元素已经具备了：生和死，女孩和音乐。音色也是最好的，创作者果断拒绝了媚俗的情爱题材，不是男欢女爱，而是一个少女对另一个少女的讲述，像白鹭掠过云端。这是罕见的题材，这里的姐姐，是一个女人的姐姐，而非一个男孩的姐姐。西藏的宗教气氛，自然过滤掉了一件通俗作品该有的浮躁和枝蔓（尤其滤掉了世俗、浑浊的情爱），而是直面人类的生死问题，用艺术的方式解释了它，召唤一件乐器的出现：阿姐鼓。用少女的皮制成一面特殊的鼓，敲响阿姐鼓，笃笃空音，荡涤心魄，甚至是深具教益的。值得留意的是，高潮部分是不断重复的六字真言——“嗡嘛呢叭咪哞”——一切的道理和故事都化入这反复的念叨之中，像僧人的转经筒，像咒语，像新闻联播开场音乐，像夜晚的磨牙声。鼓，其实就是骨，整个文本就是一个骨架，没有肉，肉是会换来情欲烦恼的，但骨会穿透一切柔软和虚妄的迷障，傲然挺立在那里。“嗡嘛呢叭咪哞”，一种隐秘而绝对的精神内容，开始灌注进一种特别的形式中，无须解析，自动运行。似乎，人类最终把易碎的心交付给持存的物，借助一种实在、可靠的艺术，转化为天地间的浩然之气。

最后要说的，是《中国好声音》第四季学员徐林改编演唱的这首《姐姐》。曲调很新潮，风格明快，一听便知是我们正经历的这个时代的声音，节奏蓝调，天才的改编：快速、上口、拒绝思考、打破规则（只因服膺了另一种规则），无须前思后想（如海子），不用伤感无助（如张楚），也别玩那玄乎的（如朱哲琴），我就要这个 Style。一个姐弟恋的故事：“不要再叫啦，叫我什么姐姐……”这个故事，其实并没有什么故事，只是几句暧昧的表白（谁喝醉了都会说这样的话）；其实也并不是什么表白，只是一些用掉即废的情绪（像发皱的卫生纸）；其实也不是什么情绪，只是一连串撞击和摩擦器物的声音嘛：咚滋咚滋咚滋咚滋……这里出现了一种明显的器乐声，成熟的技术痕迹，但由人嘴制造出来的，并没有阿姐鼓那种庄严肃穆，也不是情人间心跳的节奏，它并不走心，而是始终裸露在外，不断地向外派遣、连击、发泄、逃逸。一种物的爽意油然而生，是快乐和痛感的混合，如同萨德的皮鞭，如同恋人絮语，一个人把自己没有的东西奉献给另一个并不需要它的人。这是另一种“嗡嘛呢叭咪吽”，却是反向的，不再指向内心，而是无限向外铺排，一去不返，勇往直前，没有回音。这就是现代时间的运动感。只有瞬间，只有消逝，既频频断裂，又源源不断，但永远是一次性的。好吧，就让我们用每一个瞬间去抵达永恒吧，一万年太久，只争朝夕。相信每个刹那都形成一个灵魂的极限：在一个瞬间，我们不再为沉重的感情负责（爱姐姐和恨姐姐一个样），也就不存在什么伤害；在一个瞬间，我们尽情作恶、尽情取乐（跟姐姐调情、撒娇、嬉闹），也就不用为坚硬的道德而怵惕和后悔；在一个瞬间，我们忘记一切（不关心姐姐，也不关心人类），也就把整个灵魂都融化进那个唯一的声音之中，就像登上一班开往随便什么地方的列车，只要不在这里，哪里都好。

只有“咚滋咚滋咚滋咚滋……跳针跳针跳针……”当人类把灵魂付诸技术的时候，技术的界限也凸显出来，人必须服膺技术的时间和脾气，等待它的好心情，等待它对人类敞开心胸。唱片的跳针，上帝的失灵，人性的弱点，思想的沉默，每当这个时候，音乐就会补入，让整个时空里有旋律。海涅说：“文词结束之处，音乐即告开始。”相对于心、物和词，相对于历史、思想和语言，音乐是独立的，抵达了某种超越性。尽管它是闪烁的，是遥不可及的，是不可认知的，是绝对律令，就像脆弱的我们在失神的一刻说出：姐姐。

2015 年 8 月 22 日凌晨

北京科学城

诗当关

我们不容易弄懂诗歌是什么，但我们知道诗歌从哪里经过。南雄夏日，我跟随诗人采风团登上梅关古道。阴晴起伏都让渡给无边的郁热，不久便打湿了行人的衣衫。夹道绿意不断，梅花还早着哩，目前它还只是一个意念，那些关于梅花的诗还只是耳边的气团。

喝醉打车回廊坊是个意念，一骑红尘的马蹄也是个意念。不远处只有女诗人的笑声，北方的和南方的，皆透出荔枝味，掺入梅岭三章，装饰着断头和泉台的枯涩。“岭南第一关”的额头高悬，九百年前的字体俯视下来，每一条砖缝里都渗着青苔和魂朵，诗人向里面塞进压扁的句子。

登至庄严处，吃遍豆腐花，我读到关楼两侧一副对子：梅止行人渴，关防暴客来。穿过古朴气派的门洞，几秒钟历史的清凉和昏暗。带上这两句的余响，汗滴随细雨落下，人手一柄长伞，作登山的假肢，一串飘移的注脚：

梅止行人渴，

关防暴客来。

这不是诗，还会是什么？我是说，这两句不只是诗，可能还是诗的自辩吧？诗歌防止别人误解自己，竟阒然耸立成了石制的课本。任何一首诗，愿意一如既往地维系着自己跟世界的诗意关系，对周围事物做出反应，与复杂现实重修旧好。除此之外，它还怀有十二分的期待，力图说出，诗歌就是一座自足王国，一个与现实世界相呼应的平行宇宙，它时时刻刻都吸引我们的目光和脚步，也每分每秒地等待着被逾越。我们走近它，其实也正远离它，什么都没有发生，只有一个空空的问号。

梅关，坐拥一副绝好的胃口，吞下古仁人的诗篇，像道旁的梅树一样多。梅树会无休止地栽种下去，它与行人或时代的饥渴成正比。如同广东历史上那些名扬天下的革命者，从关内伸手，去摘取关外的果实。我们这些温柔的暴客，过饱的行人，每人用一首诗，轻而易举地攻占了这条驯顺的小舌头。梅开梅落，唇舌依旧焦渴；一夫当关，你就是那个最早变节的人。历史的两肋仿佛有光，词与物肝胆相照。“出了关，就到江西了。”下山的老乡用亲切的粤式普通话提醒我们。这句话让关外的景物别有洞天。想当初，鲁迅在《故事新编》里写到老子，也说：

他急于要出关，却须把讲义交卷。

出关，必定有什么东西从那里一过。词语的关卡，也是生活的关卡吗？一个古道上的过客，渡关容易渡己难。我们每一个人，难道不正面对着一道思想的隘口吗？它肉感的四壁，快要挤扁我的脑袋。关口的那一边，要么是悬崖，要么是坦途，但我总是无法确定。而那些头顶上的词语总能高瞻远瞩，总擅长承诺。未来，一个人见人爱的恶童。漫漫雄关离我越来越近，像一只巨大的蟹钳。每一道关口前面，都站着个巨蟹座的男人，一个不爱说话的斯芬克斯，低头辨认着自己的性别，抬头向行人发问：

美丽的一切，由我无形的掌握，
全在这一边，等你枯萎后来临。

1942年，诗人穆旦在中国远征军，随部队撤往野人山，中缅边境一处无人看守的“关口”。他目睹大批战友，在雨季的密林里脱尽血肉，在蚊虫和疾病包围下变成累累白骨。诗人九死一生，走出野人山，逃往印度。1945年抗战胜利后，穆旦写出这首《森林之魅——祭胡康河谷上的白骨》。那些年轻的士兵们，在命运的“关口”，向斯芬克斯交出了错误答卷：

你们的身体还挣扎着想要回返，
而无名的野花已在头上开满。

1940年，希特勒的军队开向巴黎，逃亡开始了。在狼狈不堪的流亡队伍中，本雅明流徙到法西边境小镇波尔特沃，随身携带一只沉重无比的手提箱。握在手中的那张辛苦搞来的过境签证，突然被宣称失效了。本雅明的逃亡计划受挫，随时可能被遣返回法国。当晚，在旅馆房间，25片吗啡药片毫不费劲地要了本雅明的命。第二天，他的过境签证又被告知可以恢复使用了……在命运的“关口”，这个倒霉蛋，向斯芬克斯交出了错误答卷：

——什么事情必定要发生?

——人们最终必定会觉醒。

——假如我们不觉醒呢?

——那么所谓的进步就将因这种进步而导致精神世界的沉沦。

1938年，精神失常、体弱多病的曼德尔施塔姆，被押往符拉迪沃斯托克（即海参崴）的集中营，那个劳改营有个非常中国化的名字：二道河子。两年后，他的遗孀娜杰日达得到一份死亡证明。年龄：47岁；死亡日期：1938年12月27日；死亡原因：心力衰竭。按照娜杰日达本人的理解，这句话可以翻译为：

他的死亡原因，就是死亡。

娜杰日达平静写道："我在得到曼德尔施塔姆的死讯后便不再做噩梦了。"当年的文学青年、后来的陈老总慨然写道："后死诸君多努力，捷报飞来当纸钱。"在《人类群星闪耀时》中，茨威格讲述了一个闻名世界的“捷报飞来当纸钱”的故事：

> 1917年4月9日，下午3点10分，司机发出了信号，列车滚动起来，朝戈特马丁根、德国的边境站驶去。3点10分，从这个时刻起，世界的时钟有了另一样的走法。在现代历史上没有一颗炮弹比这趟列车射得更远、更能决定命运的了。

我们没有学会生活，也没有学会死亡。我们没有真正生下了生，也仍旧没有死掉了死。在历史和生命的每一道“关口”，我们仍旧拔剑四顾心茫然，读到这副对子：梅止行人渴，关防暴客来。思忖半晌，我等时间的暴客，能否从容画出一颗止渴的梅子？那关口中间莫非藏着一个汉语的斯芬克斯？

2016年7月

北京科学城

口感与虚薄

一

作为一种腰身日趋丰满的写作传统，散文诗的兴起或许应当归咎于一个美丽的“错误”。如同在自然科学界里那些笑容可掬的“错误”一样，散文诗刚好在一派混乱的争吵里呱呱坠地，也必将在无穷的争议中慢慢学习走路。散文诗是诗歌与散文非法联姻后的弃儿，浑身遍布着俄狄浦斯般的晦涩咒语，在不知所措中继承着诗歌的高贵血统，在散文的针叶林间细密地穿行。他发誓要为自己勾勒出一幅切中肯綮的自画像：面孔朝向前方，目光却散漫地游弋在近旁的事物中间，显出一种睥睨苍生、扑朔迷离的神情。这位诗神的后代，文本家族的浪荡子，渴望弑父娶母又心肠极软的偷渡客，他该如何回心转意，焚香沐浴，去接管人类心灵世界那些既无价又无名的遗产？

对散文诗内在成色的辨认和化验，不仅要依循诗歌和散文的内部视野来拟写实验报告，而且还要借助外部的思想力量去查验它的正身。就像尼采找到了他思考的锤子那样，我们需要找到一件别致的测器，来量度散文诗秘而不宣的思维参数和艺术指标。这件测器，来自文学以外的艺术领域，它凝缩为一个概念，在汉语中称为“虚薄”（infra-mince）[1]。“虚薄”的观念来自法国艺术家杜尚，但他生前并未公开提出，是后人在整理他的笔记时发现的。杜尚花费十年时间对“虚薄”的观念进行思考。他认为，“虚薄”是一种厚度，这种厚度是无限的薄，薄得透明，薄得看不见，摸不着，却是绝对存在的，有着一定的厚度。杜尚“虚薄”笔记的第一条这样说：“自身向他者的过渡，发生在虚薄中。”自身和他者之间的分界线的厚度是“虚薄”的，有了厚度的分界线成了一个身份模糊的过渡地带，它是联结自身和他者的第三者。

“虚薄”是一种厚度，这种厚度是无限的薄，薄得透明，薄得看不见，摸不着，要用“放大镜来触摸”，却是绝对存在

1　关于杜尚“虚薄”观念的详细阐述和研究请参阅王海艳的学位论文《杜尚的“虚薄”》，中国美术学院，博士，2008年；以及夏可君的专著《虚薄：杜尚与庄子》（中英对照），谢飞译，江苏美术出版社，2012年版。

的。德里达在《绘画的真理》中剖析了梵高画上的鞋，鞋带的铁尖进入金属边的鞋眼，同时穿透皮革和画布，看起来像是把皮革缝在画布上。在德里达看来，画上鞋的皮革和画布都是有厚度的，是两种不同的组织。“虚薄”是一个有弹性的词，它的形状是不固定的。杜尚在笔记中写道：“虚薄（形容词）不是名词——永远不要把它变成实词。”“虚薄”不是一个独立的实体，它向联结敞开着，在联结中形成自己的形状。从这个角度看，“虚薄”作为联结纽带就像德里达提到的鞋带：鞋带从里到外，从外到里，从左到右，从右到左，穿过鞋眼，穿过皮革，穿过画布，时隐时现，交织成网。鞋带是柔软的，它本身的形状是不固定的，它联结了里外，联结了左右，联结皮革和画布，在联结中形成自己的形状。

杜尚为《观点》杂志设计的封面画有一个封了口的瓶子，瓶嘴喷出一股烟，仔细来看，瓶嘴变成了一只燃烧的烟头。封底文字对这幅画的解释是：“嘴吐出烟，烟散发出嘴的味道，烟味和嘴味虚薄地结合在一起。”同样，对散文诗的阅读，我们是在咀嚼着散文的味道和诗的味道之间的一种味道，是双向过渡和转换的味道，两种味道虚薄地结合在一起，形成独特的口感和口型。博尔赫斯说：“苹果的滋味系于腭与水果的接触，而不由水果自身而定；与此相似（我要说）诗歌系于诗与读者的相会，而不是由印在一本书的书页中符号的行数而定。其实质是……战栗，那种几乎是伴随每次阅读时肉体的感动。”[1]这种肉体的感动，来自有厚度、有弹性的“虚薄”，它发生在苹果与口腔的接触中，发生在诗歌与读者感受的双向交换中，发生在自身与他者的过渡中。感动的一刻，“虚薄”仰仗它的弹性才会显形，才会被我们捕捉。这也是阅读最本质的魅力和潜能所在。

阅读散文诗，就是品尝词语上的“虚薄”，就是阅读两种文体之间的“虚薄”，就是触及和拓展汉语在文体上的弹性，发明和体味汉语的口感。汉语变成了鞋带，在散文和诗这两种文体之间的薄膜两侧自由穿梭，形成了某种既是散文又是诗歌、既非散文又非诗歌的独特书写形式，并且具有自身的厚度、长度和柔韧度。阅读散文诗，就是阅读一种现代文体，并获取一种现代口感。犹如我们品尝米丘林发明的苹果梨（同样可以视为一个美丽的“错误”），那是一种在口腔中发生的绝对独特的味道，既有苹果的味道，也有梨的味道，既非苹

1　转引自［爱尔兰］希尼：《诗歌的纠正》，《希尼诗文集》，吴德安等译，作家出版社，2001 年版，第 284 页。

果的味道，也非梨的味道。这种味道生成于苹果、梨与口腔之间，生成于两种果肉和人的肉体之间，定义了“虚薄”的味道：在苹果与梨之间，有着两种味道之间的“虚薄”；在水果与口腔之间，有着文字与感受之间的“虚薄”。品尝苹果梨，或者阅读散文诗，就是体味双重的“虚薄”。这种双重的“虚薄”既包含两种文体之间的自由转换和相互锻造，这勾勒出两者间的薄膜；又体现了一种新文体以更加纯粹的方式与人的感觉发生关系，在文字与感觉之间的薄膜上形成共振。

二

散文是时间的踪迹，依托于横轴范式，遵循线性法则；诗歌是空间的排布，依托于纵轴范式，遵循跳跃逻辑。散文诗既不是时间向空间、横轴向纵轴、线性法则向跳跃逻辑的投射，也不是相反的情形，而是文字在时间与空间、横轴与纵轴、线性法则与跳跃逻辑之间向现代读者所展示的双重的“虚薄”。双重的“虚薄”要求散文诗的写作具有独特的品质、厚度和口感，这些集中体现于现代汉语纯粹抒情性的句法形式（它是轻薄的，几乎看不见，轻得不能再轻，薄得不能再薄）和现代汉语对虚词的使用（它是文字的关节、虚化和幻象）。散文诗独有的魅力，就发生在现代汉语显现“虚薄”的一刻，即在西语的虚词中实现了汉语的纯粹抒情性，形成“虚”与“薄”的合一，现代汉语的鞋带穿起了两者。并且，在书写形式层面和阅读感受层面，形成了双重的“虚”与“薄”的合一。

从“虚薄”的观念重新认识和阅读散文诗，是一次“虚薄”的尝试。散文诗是一只特殊的容器，储存了散文与诗之间的品质、厚度和口感，它们皆可由“虚薄”来定义。散文诗究竟如何在虚词中展示纯粹抒情性？我们不妨考察五个当代散文诗文本中的第一句话，即第一口型的生成，共五句话：

1. 天堂漂浮的不再是硝烟。

（周庆荣：《有理想的人》）

2. 与神无关，生命自有生命的旅程。

（灵焚：《生命》）

3. 大风吹！把多少翅膀吹到了山外？ / 把谁的内心吹开了雪？

（黄恩鹏：《谁的内心吹开了雪》）

4. 陡然间，漫天雪花就这么化为一场春雨。

（亚楠：《鸟声渐起》）

5. 迎风就想流泪，转身就哮喘咳嗽。

（爱斐尔：《甘草》）

从虚词中阅读散文诗，并且从中品味它的抒情性之发生，这实际上是在考察歌唱的本质。散文诗与歌唱有着深刻而密切的关系。闻一多在其著名文章《歌与诗》的开头就讲道："想象原始人最初因情感的激荡而发出有如'啊''哦''唉'或'呜呼''噫嘻'一类的声音，便是音乐的萌芽，也是'孕而未化'的语言。声音可以拉得很长，在声调上也有相当的变化，所以是音乐的萌芽。那不是一个词句，甚至不是一个字，然而代表一种颇复杂的含义，所以是孕而未化的语言。这样介乎音乐与语言之间的一声'啊……'

便是歌的起源。”[1]在古汉语中，能够代表“界乎音乐与语言之间的一声‘啊……’”的符号便是“兮”字。在用于歌唱的《诗经》中，“兮”字已经自觉地出现；在用于朗诵的《楚辞》中，“兮”字已经成为最常见和频繁的感叹虚词。我们可以说，“兮”字正吐露出汉语的“虚薄”，它介于音乐与语言、感情与理智、声音与嘴口之间，像一条鞋带一样穿起了它们，有着自身的品质、厚度和口感。

闻一多对“兮”字有一个独特的判断：“严格地讲，只有带着这类感叹虚字的句子，及由同样句子组成的篇章，才合乎最原始的歌的性质。因为，按句法发展的程序说，带感叹字的句子，应当是由那感叹字滋长出来的。”[2]也就是说，这种歌唱的句子是由“兮”字生出的，或者说，实在的汉语句子是从“虚薄”中生出的。以这种观念来看今天的散文诗，在五个散文诗文本的首句中，我们发现，以“兮”字为代表的古汉语的“虚薄”符号，已经转换为由西语过渡来的虚词，它们代替了“兮”字，成为现代汉语的“虚薄”符号。更为

1　闻一多：《歌与诗》，《闻一多全集（10）》，湖北人民出版社，2004年版，第5页。

2　闻一多：《歌与诗》，《闻一多全集（10）》，前揭，第6页。

重要的是，这些“虚”的词，继承着“虚薄”的品质、厚度和口感，允纳了汉语的纯粹抒情性，创生出了崭新的现代汉语句子，这是散文诗独特的活力所在。

具体来说，在当代散文诗坛涌现出的典范性作者那里，在他们提供给读者的五个开头句子中，我们找到了这样被委以重任的虚词，现代汉语的“虚薄”符号。句子 1 中的“不再”，句子 2 中的“与……无关”，句子 3 中的“把”，句子 4 和 5 中的“就（这么）”或“就”，已经不再仅仅执行普通的现代汉语句子中无意识化的西语句法功能（即“虚”）。在这些散文诗文本中，在现代情感和语境的挤压和催唤下，它们更多地浓缩进汉语的纯粹抒情性（即“薄”），生成了全新的滋味和口感。比如听这样的句子：“天空漂浮的不再是硝烟。”读者必须结合中国人的现代经验去阅读它，并且从中感受“不再”这个现代虚词在情感上带来的柔韧和厚度，它是那么牢不可破，又历尽沧海桑田。由于虚化的、不在场的“硝烟”已从现实进入词语，生成了虚词“不再”，它在经验和词语的双重意义上呈现了“天空”的“虚薄”形象，它激起的是当代中国人情感上的回声。现实与文字之间的薄膜明朗地显现出来，并且发生着两者的共振，这就是肉体的战栗，是情绪的发酵，是阅读的气流如同鞋带般地穿插、勾连与闭合。虚词之“虚化”承载了抒情之“轻薄”，实现了“虚薄”的汉语化，在以上几位散文诗作者匠心独运的文本中，我们能够在阅读的口感和战栗中初步体察和捕捉到“虚薄”的端倪。

2013 年 6 月

北京法华寺

挽歌与新雪

一

现代诗人无一例外地沦为“时间的遗民”，他们苦心孤诣地从事写作，为了在词语中开创一个明天。这种朝向未来的写作，似乎肩负着一项重大的使命，它祝祷被击碎的心灵重归完整，期盼被禁锢的头脑重获自由。在当代汉诗的创作实绩中，我们应当努力找到连接这项使命的珍贵经验和精神资源。让我们像尼采一样，用耳后的小耳来倾听它们的声音，在充满生命力的写作中，去感受那一丝与众不同的快意。犹如一片雪花落在大地上，发出一种极其微小的声响，只有那些善听者才能精确地捕获它们。雪落在大地上，看似有所增加，其实并未增加；雪化之后，看似有所减少，实际并无减少。

中国当代社会近三十年来的思想文化巨变，似乎已经催生出人们意识中越发断裂的时间感：一方面，有毛泽东所感叹的那种豪迈的浪漫运动，谓之“坐地日行八万里，巡天遥看一千河”，再年轻的人仿佛都会在某一刻感慨自己老了、累了，看不清眼前这个纷繁喧嚣的美丽天地了，词语在回应周围世界时变得失效了，疲软了，垂头丧气地寻觅着收割后遗落的零星粮食。另一方面，也有昌耀在孤寂斗室里写下的绝望歌谣——“地球这壁，一人无语独坐”——更多的写作者默默分享着这份天大的寂寞，面对一个既背负传统又无话可说的自我，一个看似无所不能、实则百无一用的个体，他们试着跟身上的自我说话，用词语的沉默来交换着宇宙的沉默。

奔腾不息、日新月异的技术文明已经修补了我们欲望中的诸多不可能性，逐渐代替人类的大脑成为“第三记忆”，并且在技术理性的张目下建立了一种他者的语法和时序，将人类流放出主体的位置。在这种情形下，迷途的诗歌似乎正在跟时间和技术各自展开竞技。如何谋求一种以弱胜强的法器？诗人要学习雪落在大地上的声音，他们在词语中必须精确地把握住一种微妙的过渡、间隔和停顿。只有在这个似有似无的地带，我们才能透过词的变异和折射，通识和摘取过去和未来，才有机会重新弥合破碎的心灵，解放囚禁的头脑。诗歌越来越成为一种隐忍的技艺，一项卧薪尝胆的事业，诗人在默念“时刻准备着”的口诀。

关于当代诗的处境，让我们联想起阿伦特引用过的一则卡夫卡寓言。故事描绘了一个这样的场景：一个人向前走，在他后面和前面各有一个对手，后面的人从源头驱迫他，支持他与前面的人厮打，前面的人挡住他的去路，鼓励他跟后面的人搏斗，中间的人进退维谷、左右为难，梦想在一个出其不意的时刻、一个比任何黑暗更黑的夜晚，跳出战场，进入一个旁观者的位置，目睹前后两个对手之间的互搏。这则寓言在一定程度上回应和概括了现代诗人所遭遇的情状——过去和未来都在咄咄逼人——也标明了当下写作的一种可能的出路，即注意和把握每一个过渡、间隔和停顿的时刻。无论是在经验里，还是在词语中，都包含着另一种潜藏着的未来，它或许正以旁观者的姿态注视着眼前发生的一切，并等待着先觉者的致意和求助。

在这种意义上，从总体潜能上来看，那些躬身于当代诗坛的写作者们，似乎都隐约表达了卡夫卡描述的那种两难处境：既要承担对传统文化的继承和呼应，又要在现代大潮中顺势生存和精进。汉语诗人的腹背分别站立着一位摩拳擦掌的对手，诗人在这个特殊的位置上获得一种矛盾经验。最深重的劫难和灾变也发生于此，正如第三代诗人赵野在《江南》一诗中所写的那样，“一种相思宛如亲密敌人”。或者可以说，正是在每一个现代人身上，囚禁着两个不断争吵的邻居，他们争吵的根源来自这种关系本身。在这种双重危机之下，每一个个体都沦为一种剩余生命。除非诗人解放了自己，也就同时解放了他人。这里启动了两副相向而来的多米诺骨牌，两股力量的源头已不可考，但确凿无疑的是，它们迟早要一脸尴尬地终止于两副牌的连接处，制造出一个不知所措的位置。

在《无限》一诗中，当代优秀的维吾尔族诗人帕尔哈提·吐尔逊表达出这种对存在的迷惑，“他不知道自己为什么被人暗杀 / 因为暗杀他的人也不知道 / 他自己也暗杀别人却不知原因 / 谁也不知道这连续不断的暗杀是从何时开始 / 就这样暗杀永远不断”。诗中反复提及的“暗杀”，在这里可以替换成“凝视”，可能会更加直取精义。过去和未来同时投来的目光，让当事人萌生出一条逃逸线——词语的过渡、间隔和停顿——他借助这条逃逸线，可以将两副多米诺骨牌在他那个尴尬的位置上反推回去，把无限的还给无限，这也是解放自己的第一步。

从“五四”一代开始，现代汉语诗人就一直在寻觅这条自我解放之路，语言解放则始终是这种努力中的先锋事业。汉娜·阿伦特在思想上设计过这条逃逸线（解放线？生命线？），它对汉诗的现代转型和发展完善无疑具有重大的启示意义，无异于一条汉语新诗的再生线。这条线来自一个力的平行四边形，来自无限过去和无限未来的两股力量，在它们的交汇点上，将会产生一个朝向第三方的合力。我们当下的诗歌写作正踟蹰地站立在这个几何点上，它在传统和未来两道目光的凝视下，开启了全新的方向和潜能。在词语中，诗人面朝无限，睁开了自我解放的双眼，画出了一条挣脱形状的再生线。

这是时间和语言在过渡进程中瞬间的出神状态。在《旧照》一诗中，生于20世纪80年代的青年诗人康善锻写道，“有那么一会儿，我仿佛/置身相片中。哦，多么/精确的悼词啊。哦，/我们的表情一模一样了”。这既是一个超越过去和未来又将两者内在化的过程，类似于汉语思想中的“内在超越”观念，这种朝向第三方的逃逸和开拓，在当代汉语诗人的写作中已经有所感应和实践。相对于过去，诗人写出了一篇不断延迟的悼词，直到他最后开始哀悼自己，“女儿渐渐忘了如何喊声爸爸，直到/她终于过了比她父亲还大的年龄”（刘洁岷：《题一张照片》)。相对于未来，诗人写下了提前公布的遗嘱，直到“经由地下升腾，并将渗透着星球上任何事物的 / 悲悯，/ 也将你拱起卷集进未来之风暴”(黑夜：《枯坐》)。这条朝向未知的第三方的合力，即是在悼词和遗嘱的双重意义上开启的，它根源于每一个生存于当下的个体生命，指引着一种全新的、无限的未来，是劫后生命里的一个明天，但首先是词语中的明天：

他们是鱼筐中的火苗
沉到水底
拉到岸上还是一只鱼筐
(海子：《在昌平的孤独》)

二

当代汉诗需要一部“选粹”，它首先应该在每一位写作者内心深处扎根，正应和了它“内在超越”的根本意义。一部“选粹”之必要诚如未来之必要。这部构想中的“选粹”，已经为作品编好“鱼筐”，准备投向由万千条大江大河汇聚成的诗歌海洋，等待收获水中的火苗，或一种空以纳物的形状。它无意于成为一卷大丰收式的诗坛封神榜或功劳簿，也没有能力为修筑汉语诗歌界的统一战线而举办一场歌舞升平的嘉年华或中国派对，这里听不到《恭喜发财》和《难忘今宵》。该得到的尚未得到，该丧失的早已丧失，真正的收割和归类只能交给将来而未来的词语，这诗歌的犁铧和容器，它们将迎接收获中的虚空。

我们在这个未知的方向上追问，“鱼筐”究竟能够捕捉到怎样的作品？汉语诗歌在我们这一代写作者手中究竟变成了什么？在这种追问下，我们试图考量，在这个未来的诗歌“选粹”中，究竟有哪些成分决定了它“内在超越”的精神气度？在过去与未来之间，从不断延迟的悼词和提前公布的遗嘱中，当代汉语诗人析取出来的神秘向度，其实古已有之。它就是挽歌，是诗歌在注视周围世界的同时投向自身的一道目光和一声叹息。悼词和遗嘱，虽然具有词语的形式，但还不是真正的诗歌。只有仰赖在它们两者之间诞生、向两者之外辐射的抒情原质，才能制造诗歌的血液。每一首诗或许都是一首挽歌，对他者，或对自己。在挽歌的视线里，我们重新度量词语和世界之间的精确关系。遵循着汉语新诗的再生线，一个现代诗人必定与一种挽歌式的书写气质相遇：

> 我懂得这番说教，在异乡已被温习半生
> 就不怕被置若罔闻，继续雕琢刻了半个世纪的
> 裂痕。自行寻找尖细的长指甲，剥开
> 在海关出口的标签，内核甜涩到发苦。
> （李怡静：《一只柚子的挽歌》）

> 亲戚或余悲，
> 他人亦已歌。
> 死去何所道，
> 托体同山阿。
> （陶渊明：《拟挽歌辞第三》）

这里同时列出的，是一位生于20世纪90年代、名不见经传的小诗人所写的挽歌，以及中国诗歌中最著名的一首挽歌，它出自大诗人陶渊明之手。不论是为一只柚子撰写的陌生挽歌，还是家喻户晓的自挽歌，当它们在读者眼前并列出现时，两者之间就已经画出了一条“相忘于江湖”的生命线：在挽歌

面前，李怡静熟悉得几乎快要忘记陶渊明了。这部未来的“选粹”应该是一只挽歌的“鱼筐”。其中的所有作品，都将像音符一样，缀满这根充满弹性的无形线条上。陶渊明写下的这四行经典文本，同样可以抽绎出“选粹”的五个基本部类。这首耳熟能详的挽歌，似乎已经包含了未来“选粹”编排体例的基本元素，在一定程度上，我们也希望它们能够展示出当代汉诗写作的观念结晶和意识取向。具体来说：“亦已歌”与“何所道”可衍生为“书写与差异”这一视角（此亦为德里达一部著作的标题），“同山阿”与“或余悲”可阐发为“格物与剩余”这个主题，“托体同山阿”一句能够抽取出“自然与身体”含义，“死去何所道”一句在相当程度上可以翻译为“消逝与未济”，“亲戚”和“他人”也可以整合成“亲爱与友谊”这一命题。这五个从陶诗中拾取的基本栏目，奠基为一部未来“选粹”的分类法，它们共同串起一条当代汉诗的再生线。那些可能入选的作品，也分门别类地集结于不同的标题之下。标题只是一种指引通道，并非对作品灵魂的独断认定。于是，在这些标题的提示下，我们注意到一批更加年轻的诗人的如下诗句：

——记忆在此处打盹，

那行道树更换了新的叶子。

——如果拐弯，

那就曾是脚步所未到过的区域。

（几年前，他们那么年轻）

（叶飙：《诗》）

我们需要的如此之少，简单，只不过

再快一点，我们就能学习着相互接近而不再怨恨。

我听见梨子被咀嚼，像是仍旧有生命，最后一丝气息

延宕而不能毁灭。

（砂丁：《烂梨子》）

而我两腿间的路对我的手指哪怕中指也是没有尽头的

和我跟在他身后走的路一样

（光体：《幻汤》）

……我仿佛

仍是八九岁，堂哥还没疯，

同我走在细瘦的田垄间，

阔大的镜子照见健健康康的天地。

（李琬：《夏日》）

二十年了，我终于越来越不像你。

（子申：《致父亲》）

这些充满潜能的青年诗人，在他们作品的过渡、间隔和停顿处降下新雪，它们或许构成了这部未来“选粹”中刚刚降落到大地上那薄薄的一层，异常轻逸，却掷地有声。新雪落在大地上，看似有所增加，其实并未增加；雪化之后，看似有所减少，实际并无减少。在降雪与化雪之间，一条当代汉诗的再生线悬置了过去与未来，在大地上渐次呈现。相对于已然消逝的纯一世界和金口玉言，作为一种绝对的挽歌，汉语新诗纷然杂陈，北俊南靡，却并未向世上增添一毫一厘，它如风行吟，吹拂着大地，却不曾改变它。诗歌从不间断地召唤、追寻和弥补着那些迅速消逝的事物和人，每分每秒，长歌当哭，充盈着我们日益耗散的血气，填满了茫茫世界和幽幽时日里那些无处安置、无人认领的沉默和空白。生生不息的汉诗读者期待着一首在新雪中升起的挽歌，也祝福在挽歌中降下的新雪：

但是道路不会消逝，消逝的
是东西；但东西不会消逝
消逝的是我们；但我们不会
消逝，正如尘埃不会消逝
（张枣：《一首雪的挽歌》）

有了词语，那些终将消逝的事物，才终于不会消逝，它们在挽歌中找到归宿，得到重生。那些孤独而卓越的诗人，将不遗余力地为这片汉语的大地贡献着美妙的新雪，纷纷洒洒，万物齐一。在这部构想中的“选粹”里，我们尝试将新雪垒成一座小小的屋宅。它是阿赫玛托娃在沙地上画出的一所房子，我等“时间的遗民”住在里面，准备在此冬眠，整晚围着红泥小火炉，酒浆浮着绿蚁，蝴蝶梦着庄周，在朦胧里说着那些冬夜的远行人。

2015 年 4 月

北京看丹桥

微器三叠

1. 姿势的诗学

1.1 麦克卢汉认为，工具是人器官的延伸。这种延伸每发生一次，人与世界都相应地做出一次改变。工具被人所创造，反过来也塑造它们的创造者。技术召唤新人，人人都无可逆转地参与其中。锄头、镰刀和箩筐赐予农民雄壮的臂膀和健硕的腰身，他们伸出粗糙厚实的手；齿轮、杠杆和按钮训练了工人熟练的操作和敏锐的意识，他们伸出灵活纤巧的手；在信息时代，键盘、鼠标和触摸屏成为新的劳动对象，它们来到每一个现代人手上，仿佛动动手指，就能缔造一个无所不包的虚拟世界，担当无形的劳役。

1.2 键盘静如磐石，驯服了五根指头，但只是执行简单的敲击动作；鼠标四处乱窜，指挥着脊背上的食指和中指，开始气势汹汹地攻城略地。在微时代，手机成为新的世纪病，扁扁方方，光怪陆离，人人上瘾。大街上，地铁里，枕头边，手机屏幕滑移闪烁，几何级增长的消息涌向我们眼前。人们不再交头接耳了，而是被另一种身体动作所捕捉：低垂着头，眼睛牢牢黏在手机屏幕上，拇指焕发出交通警察般的骄傲感，笃定地指引着人们疲惫而焦渴的目光。

1.3 在视觉艺术中，俯身低头的形象常常被理解成忧郁者的惯常姿态，这也暗示了精神的不在场。斯塔罗宾斯基就此展开遐思："他们俯身向着什么，这些人物？有时是向着虚无，或向着无限的远方。有时是向着一些符号，那里有精神遇到了另一些精神的痕迹：对开本书或难以理解的书，几何图形，天文表，无解的方程，或者，忧愁占上风的时候，则是废墟，漏壶，头盖骨，倒塌的建筑物——古老的死人预言未来的死亡。在忧郁者的眼中，在巴洛克大师的画中，展现出象征转瞬即逝的东西：拉断的项链，燃尽的蜡烛，脆弱的蝴蝶，无声的乐器，被终止线结束的旋律。观者的思想通过死亡的回忆与忏悔被引向永恒。忧郁者的眼睛盯着非实体和易消亡的东西：这是他自己反射的形象。"在古典绘画中，低头者的神游被托腮的手锁定；在今天的大街小巷，这种精神缺席却被游动的手指所暴露。手指仿佛践行着某种失传的巫术，在一块屏幕上毫无规律地点击和滑动，逗弄着方寸间的未知世界。

1.4 智能手机重新启动了人类的拇指，赋予它前所未有的权力和荣耀。除了在触摸屏上指挥交通，拇指唤醒自身最原始的功能：赞。其余四指并拢，唯拇指坚挺地跷起，指向重重九天。谁点赞，谁就会留下俊美的痕迹，像提前将名字铭刻在一块乌有的石头上。威风凛凛的拇指，以及它还原出的点赞美德，塑造出人们在微时代的姿势，也成为新媒体环境里方便合法的诗学。在这片潮湿的环境里，我们从未像今天这样见到如此多的诗人，一个诗人也从未像今天这样接受如此多的赞美，古老的诗歌也从未像今天这样迎来如此令人侧目的繁荣。伟大诗人早已淹没在这片唱赞声浪中，与庸人分享同一款式的衣裳，接受媒体馈赠的寿限和检视。新媒体重新实践了“诗可以群”的古训，只要你愿意，谁的手机里没装着二十个以上的微信群呢？大家都在群里叽叽喳喳地讨论什么？在丧失伟大诗人的年头里，靠着众人垂首点赞的姿势，新媒体完全可以批量生产桂冠诗人了。一首诗将以同样扁平的格式被无限复制、转发并接受点赞。

2. 断片的需要

2.1 断片的书写形式在古希腊就已存在，德国浪漫派运动为这种文体开创出一个灿烂的世代，其中以弗里德里希·施莱格尔和诺瓦利斯为翘楚。施莱格尔是《雅典娜神殿》的灵魂人物，有多种《断片集》传世。诺瓦利斯的断片集干脆就叫《花粉》，他呼吁："写书的艺术尚未发明，但可望在这一点上有所发明：这种断片就是文学种子。其中难免有些空壳：但只要有几粒发芽！"断片写作就是德国浪漫派的发明，是一种空前绝后的标志性文体。在这种文体中，哲学、诗歌和美学的边界变得模糊，呈现出彼此交融不分的状态。在断片写作中，以上三者几乎可以相互替代，哲学即诗歌，美学即哲学。

2.2 施莱格尔强调："浪漫诗是渐进的总汇诗。"断片写作影响了德语文化中大批思想型写作者，其中尤为耀眼的两人便是维特根斯坦和本雅明。在《哲学研究》序言中，维特根斯坦颇为无奈但又心满意足地谈起他的文体：“我看出我能够写出的最好的东西也不过始终是些哲学札记；当我违背它们的自然趋向而试图进一步强迫它们进入单一方面时，我的思想马上就变成了跛子。——而这当然同这本书的性质本身有关系。这种探索迫使我们穿行在一片广阔的思想领地之上，在各个方向上纵横交错地穿行。——这本书里的哲学札记就像是在这些漫长而错综的旅行途中所做的一系列风景速写。”这种哲学札记，本质上就是断片，《哲学研究》的作者描述了这种文体的游牧性质，断片中的每一个字都并未承认书写的惯习运动，不愿安栖在秩序的摇篮中，而是朝向任意方向的防守反击，颇似信手拈来的风景速写，寥寥几笔，意境全出。

2.3 断片写作具备了德勒兹所谓的“块茎”的特征，没有根系，只尊重横向的自由联结和兼并。本雅明的博士论文就是研究德国浪漫派的艺术批评概念，自然少不了对断片写作的考察。当施莱格尔说：“哲学必须像叙事诗一样，从中间开始；根本不可能先表述它，然后一段段补充，似乎开头本身已经完全成立、解释清楚了一样。它是一个整体，认识它的道路不是一条直线，而是一个圆圈。”本雅明给出自己的解释：“哲学从中间开始的意思是：它不把它的任何对象等同于原始反思，而是视它们为媒介中的中间物。”诺瓦利斯也说：“哲学是一种神秘的……有渗透力的、不可阻挡地驱使我们向种种方向前进的思想。”总之，断片这种文体从来不是开端，也犯不着为结尾发愁，它就是无限的中间物，是任何时候朝向四面八方的可能，同时也是多种元素渐进式的汇总。从中间出发，难道不是微博乃至大多数新媒体的特征吗？从电脑或手机打开微博（或微信朋友圈），首先映入眼帘的，总是最新发布的一则消息。但它既不是一则文本开头的第一句，也不是终了的一句，它只是中间的某一句，其前有若干可能，其后亦有若干可能。微博成全了鲍曼所谓的“液体现代性”（或“流动现代性”）的概念，文字带有了水的流动性，自上而下，汩汩流入时间深潭。

2.4 诗歌，随时有解体为断片的可能，相较于小说和散文，诗歌已经走在朝向断片的路上。诗歌的基本单位是句子，甚至是词，微博的环境刚好匹配出同样的环境。读者渐渐已形成共识：一首诗歌越短，越凸显出句子和词语，也就越开掘出自身的哲学寓意。微博或多或少实现了施莱格尔的幻觉，当它开始发布诗歌时，它就已经从中间开始了。这也就意味着任何诗歌都坦露出成为元诗的可能。元诗是关于诗本身的诗；断片，似乎也可以解释成关于任何写作自身的写作。一旦写作开始，断片就随时随处成为可能，并直取核心。拇指不再是起点，而是中途的驿站。中间成为一个临时的本源，而不是原初的起点；中间也意味着要被反复经过，要成为多重视角的交叉点，要经受不同立场的意见的诘难。如果微博（微信）体成为断片的延伸，那他的作者将扮演一位流浪的速写者，而不是一个定居的制图员。微博（微信）的卫星定位功能揭示了这种可能性，成为拇指在场而精神不在场的标记。在新媒体中，诗歌需要重新面对它的境遇性。从来就没有一个家，没有一个自然栖居地。只有无休无止的一系列又一系列的速写，这些速写是从永无止境的、错综交错的旅程中的各种视角绘制的，来来回回、反反复复穿越同一地域，寻找一个能让它停止的宁静点，去发现“拯救之辞”。

3. 世界的回叠

3.1 柏拉图的《普罗塔戈拉斯篇》中讲述了人类起源的神

话：普罗米修斯造人后，由爱比米修斯负责将一种特性平均分配给万物，以至于万物得以生存。爱比米修斯此时犯下一个严重的过失，当他将性能的宝库在无理性的动物身上浪费殆尽后，还剩下人类一无所有，导致人类一开始就没有一种赖以生存的本质。普罗米修斯为了弥补弟弟的过失，从工匠之神赫菲斯托斯那里盗取技艺，传授给人类生火的秘诀，以使人类能够借此得以保持种族的生存。人类从诞生开始便有求于外物，他们的本质不能从自身中寻找得到，只能从外界万物中获取，而叔本华说，有求于外是人生痛苦的根源。

3.2 世间的所有动物都分得一部分独有的生存技能，唯独人类两手空空。人类本质的缺失成为他们区别于一般动物的标志。与其说他们从四肢着地的动物群体中脱颖而出、直立行走，毋宁说，人类一开始诞生之际，双手上握着的就是虚空。手，以其本真的形象朝向世界和自身，回归到无功利的属性中去。手一旦迫于生存压力向外界求取，便产生了技术。手急需握住工具，工具皆源于自然。手也急需握住另一只手，两手相牵，诞生友谊和爱情，也让手中的工具分享出友爱感。工具成为手上长出的新器官，成为手上的新手。不论是锄头、镰刀，还是杠杆、按钮，传统工具与人手之间的亲密性已经达成。新的传播工具——手机——继承了人与技术之间的亲密性，成为手上的电子手；同时它也将传统工具朝向的外部世界反过来向内折叠进工具内部，让手机屏幕装下了一个虚拟的总体世界。屏幕需要点触和滑动，才能代替“芝麻开门”的咒语。手习得了打开世界的新经验。

3.3 在《艺术作品的本源》中，海德格尔提及大地与世界相争执：前者趋于隐藏和锁闭，后者趋于显现和涌逼。直立行走的人类的双手不再抓住大地，而是松开它，让它遁去，然而却抓住了整个世界。借由工具，新的世界向人类致意，并如潮水般扑面而来。文学正值这个信息爆炸的年代，在工具上显形和固定，来表达这个新世界。手机握在人类手中，犹如握住全世界。人们用低垂的头、重启的拇指观看和介入世界，精神却随着隐遁的大地汇入不在场的河流。大地与世界的争执，在新媒体时代，体现为人手的分裂，它在媒材的有限性与幻觉的无限性中分裂了。

3.4 瓦莱里曾说：“就像我们几乎不动声色地拉一下阀门

或者开关，就能把水、煤气和电从遥远的地方输入我们的住宅而为我们服务那样，我们也将配置一些视觉形象或音响的设备，为此，我们只需做一个简单的动作，差不多是个手势就能使这些形象或效果出现和消失。”传统艺术中，手被雕塑技艺塑造，所触及的皆为实在的平滑与摩擦，棱角与沟壑，是物的可靠性和实在性。新媒体时代，手在物质层面迎来经验的贫乏，它只触及单调的平面，但在信息意义上，一个简单的手势，就能够在一个特定的平面上执行多元的操作。手势开启了一首诗的前世今生和左邻右里，诗歌可以自如地与音乐和图像融为一体，同样能够接受瘟疫般的传播和评论，甚至最终的消融。依靠技术的回叠，新媒体不拥戴深度，促生出平面的思想，它将一切意味深长或天长地久的东西转化成即时和瞬间的认知，诗歌的使用价值在此容易得到复兴，但人们对诗歌的真理的觉悟依旧是缓慢的，甚至是停滞不前的。

2017 年 6 月 7 日

北京像素

青年诗人怎样看电视

一

青年，是一个最常被时代挂在嘴边，但又最容易被时代遗忘的词。晚清、五四运动以来的中国，没有哪个擅做高头讲章的人不关心青年：青年是太阳，是先锋，是希望，是新文化的代表，是未来的国之栋梁，仿佛青年人身上藏着让整个世界兴旺发达的按钮。在一种求新求变的文化里，青年一下子成了时代精神的体现者和代言人，而在一百多年前，这个国家还崇尚着老旧和不变。一个爱幻想、爱尝试、爱冒险、爱变化的时代来临了，青年们千方百计地要告别陈腐和落后，离开小家和故土，到那些能让人看得到自己的地方去，到那些能发出声音的运动里忙碌着。我们的国家和文化到处焕发出青年性格，这也同时意味着，这个以青年为图腾的时代要不断犯错误，也不停检讨和隐瞒错误，承担着那些远近高低接踵而来的代价和痛苦。青年的旗帜迎风飘扬，这个时代变化得更快了，聚集在下面的老面孔也迅速被更年轻的新面孔替换。

我出生在20世纪80年代，在这个十年里先后出生、后来从事过和正在从事诗歌写作的一批青年人，常常被称为“80后”诗人。主流的诗歌史也以此为坐标，建立起一种公共的断代思维和研究话语：向前推有“70后”“60后”“50后”等貌似坐稳江山的代群谱系；向后便是不由分说的“90后”“00后”，如哪吒闹海般呼之欲出。尽管这套说法可笑至极，但美丽的错误早已随达达的马蹄捷足先登，话语瘟疫流布四海八荒。不知从何时起，这批碰巧生辰接近的写作者，经常被塑造成一个大致固定的整体形象：赶上了好时候，衣食无忧，张扬个性，自私自利，内心脆弱，甚至对历史漠不关心，充当着青年诗人群体的主力军。21世纪前后，这批人差不多都进入了大学，或者进入他们学习和感受力的黄金时期，纷纷开始了如饥似渴的阅读生涯，也迎来了最具有历史决定性意义的写作时期。这批热爱阅读和写作的青年人，多少对理想中的大学生活和怪兽般的社会环境有些失望。比起上一代人，他们收起了胆量和野气，显得温和而友好；他们虔敬地接受着知识和教养，却先天被剥夺了行动力；在物质生活愈益丰盈、利益分配越发失衡的时代，他们依旧品尝着贫困、迷惘和充满叹息的苦乐青春；他们中写信、打架和往家寄钱的变少了，兼职、考证和上网的与日俱增；他们大都在这段无声的季节里褪去了义务教育时代的躯壳，渴望重新做一个能独立生活和思考的平凡人，但无法挣脱身外那只越缩越小的笼子。互联网让他们找到了可以聚集和交流的空间，他们不约而同地开始学习写诗。

存在青年诗人这个群体吗？我想，这是毋庸置疑的，而且许多伟大作品都是出自作者青年时代的手笔。只是这个群体过于流动不居，素来以不稳定为美德；它的面目从来不清晰，人们缺乏耐心去剖析一个青年诗人具体的心灵状况，而是想当然地给他们扣上几顶干瘪空洞的帽子。人们也很少想到去研究一下，究竟是什么原因——哪怕它发生在最次要的环节上——让一个青年诗人具备了写作的愿望、条件、材料和风格？不是出现在传记和回忆录里若干可歌可泣的动人理由，而是毫不起眼的成长过程中那些并不隆重的细节，以及那些在不悲不喜间获得的隐形经验，甚至连诗人自己也浑然不觉。这个契机发生的原理是什么？在每一代青年诗人群体中，有哪些蕴藏在日常行为里的学习过程，值得我们掰馍馍说馅儿一样细细道来？在越来越复杂多变的外部环境中，相对于那些人人必备的生存技能和处事经略，这些琐屑和弱小的经历实在不算什么，它们轻而易举地被吸进我们朝向时代洞开的大嘴，根本不会留下什么痕迹。我们对它们的营养茫然无察，从未计算和盘点过它们为青年的精神成长带来的增益和暗示。在我们青春激变、动荡不息的年龄里，这些经历却是一次性的，也是不可再现的。我们注定是在网络世界里成长起来并重塑身份的一代，但我想谈论的偏不是这个过程，而是更加普遍和容易被忽略的东西：电视。

二

电视机，是我们再熟悉不过的家用电器了。我们该叫它一声老朋友，不是吗？如今，不论乡村还是城市，在每户中国家庭的客厅里，都有一个显要的位置，是留给它的。在《甲骨文》一书中，彼得·海斯勒记述了他在当代中国的种种经历，其中有个不太起眼的句子让我印象深刻，大概是说：有尊贵的客人来家里吃饭，主人一般把宴席设在客厅，但客人究竟坐在哪个位置才最合适呢？答案很简单，那就是正对着电视机的位置。这一细节，中国人都能心领神会。改革开放后，中国老百姓很快走上脱贫致富的道路，吃饱饭不成问题了，接下去，一般的城镇居民如何打发茶余饭后的时间？这时，谁家里要是能买得起一台电视机，将会引来左邻右舍的羡慕和追捧，几户人家围着一台电视机洋溢欢声笑语的画面，填充了历史书上光彩的一页。如果这群人里有你的父母或家人，他们一定会向你津津乐道地讲述，通过一台 14 英寸黑白电视机观看《追捕》《霍元甲》《加里森敢死队》时的惊喜和兴奋。

电视机成了富裕的标志，在讲求实用的普通中国人眼中，它无异于一尊神像，理应供奉在全家的中心。一个令人难忘的例子，就是奥威尔在《一九八四》中描写的“电幕”，在每处空间至关重要的位置上，“老大哥”都在那里看着你。渐渐地，对于普通家庭而言，这种摆放格局在客厅和人脑中被同步保留下来。当电视机被打开时，说明家里有人回来了，从扬声器里发出了一些被训练好的声音，充满了整个房间。当然，每当信号差、无节目或节目结束后（当时的中央台主持人孙晓梅会报以甜美一笑：“今天的电视节目全部播送完了，观众朋友们再见！”），电视机里时常会发出沙沙的噪声，连它们都逐渐被人们接受了。电视节目总是吸引我们的注意力，它们交织进家庭成员的闲谈中，为他们提供话头和谈资。谁家的沙发上如果放着一份《中国电视报》，说明这户人家的生活品质是很高的。我们总会对着电视画面品头论足，从这尊神像中发出的声音，也常常补充着家庭成员间长久的沉默和无聊。如果我说，这些机器的声音和噪声，在某种意义上，代表了家的声音，应该不会有多少人反对我。一个家庭应该有一部电视机，就像一间屋子该有一扇窗户。电视里的节目会喋喋不休地播下去，老人们坐在沙发里睡着了。

尽管已经习以为常，但我们真正关注过电视机吗？或者，干脆让我来替着急的读者问上一句，电视机与青年诗人之间，难道也存在着非讲不可的关系吗？我想说，两者在表面上固然风马牛不相及，但从我个人有限的生活经验来看，这个被制造得越来越庞大且越来越精巧的家伙，在某些鲜有人注意的缘分和界面上，或许为与我年龄相仿的一代青年诗人心智的成长提供了某种隐秘的精神参照物。青年诗人与电视机，似乎是相伴而生的。没错，我们是在看电视中长大的一代，也目睹了这台家用电器在原地的种种变化。我想，这种密切的互读和对话，就足以说明问题。青年诗人怎样看电视呢？我试图在这条感知的双曲线（而不是有条不紊、言之凿凿、从甲到乙的直线）上来讨论青年诗人精神气质的生成问题。换句话说，不论是我们看电视机（这里的“看”，包括打量外观、欣赏节目、研究构造和思考它的象征含义等几个方面），还是电视机看我们（这里的“看”，包括见证我们的成长、为我们同步展演时代图像和声音、以自说自话的方式参与我们的精神生活、给予超越时代的启示讯息等方面），都早晚会从这段缘分中获得教育和智慧。

三

1982年，父母去北京旅行结婚，买回家一台上海牌黑白电视机，摆在奶奶的房间。次年，奶奶去世，我出生，这台电视机就一直陪伴着我，直到上学。它只能收到两个频道，中央台和地方台。调台需要用手使劲去掰屏幕右侧那只大大的旋钮，发出咔吧咔吧的响声，震得电视机都颤动。这颤动似乎也是从远方传来的，像海边巨石里猛然蹦出的毛猴：1985 年，青年诗人老木主编的《新诗潮诗集》（上下册）由北大五四文学社刊行，堪称是新时期以来第一部具有广泛影响力的青年诗选；1986 年，收录朦胧诗“五虎将”杨炼、江河、北岛、舒婷和顾城诗作的《五人诗选》由作家出版社出版；1987 年，唐晓渡、王家新编选的《中国当代实验诗选》由春风文艺出版社出版……这些书差不多要到 30 年后才出现在我的书架上，而在当时，恐怕也只有屋顶上高高竖起的室外天线，才可能遥遥感知到那些几亿光年之外的陌生讯号。

当时能收看的节目主要是新闻，正襟危坐的播音员，发音像真理一样正确。这时电视信号格外好，绝不会有颤音和走调。整个房间的气氛也庄严笃定，我们习惯从被教化中获得存在感。尽管新闻准时前来，但它总会结束。那年头，要想收看到最时髦的《射雕英雄传》，就需要花钱在电视机里安装一个元件，它能增加一个频道。在黑白屏幕上，大义凛然的郭靖与抗日老电影里的共产党干部真像一对亲兄弟，他们似乎天生适合出现在这种非善即恶的制式里。这种牢固的思维也会受到挑战，电视画面有时会像现代诗一样难以理解。旋钮掰了一圈，满屏全是令人茫然无措的雪花点。在不分爱憎的背景里，无数的雪花跳动和闪耀，让我头晕目眩却兴味盎然，像存在着另外一个世界，快要将我吞噬掉。那是一面浓稠而嚣张的镜子，我渴望在那无穷无尽的雪花点后，看到千里之外的风景，看到自己多年后的面孔。

上小学那年，家里换了一台熊猫牌彩色电视机，我手上也多了一个亲密伙伴：遥控器。我盯着色彩缤纷的电视屏幕，不断换台，仿佛可以用它去抵抗那些深渊般的雪花点。我终于分清了郭靖和李向阳，还认识了更多的刘慧芳、白娘子和外来妹，当然，圣斗士、变形金刚和葫芦兄弟一个都不能少。很快，有线电视普及到千家万户，频道从过去的两三个增加到了三十多个，一下子让观众的眼界和胃口大开。全国各地率先热起来的大脑们纷纷放出卫星，借助剪刀、糨糊和油印机，搞出一拨又一拨应接不暇的先锋大展：1992 年，唐晓渡主编的《灯芯绒幸福的舞蹈：后朦胧诗选萃》由北京师范大学出版社出版；万夏、潇潇主编的《后朦胧诗全集》(上下卷)由四川教育出版社出版；1993 年，谢冕、唐晓渡主编的《在黎明的铜镜中：朦胧诗卷》和《以梦为马：新生代诗卷》由北京师范大学出版社出版……新潮吞扑旧浪，彩色替换黑白，卫星取代天线。那些关于诗的惊雷和沉默依旧在远方，但通向小镇学校的路上，总是静悄悄的，人烟稀少，像是有什么大事要发生，又像一切都草草收场了。

出人头地的入场券递到了我们手里，我用力按着遥控器的按钮，日子开始加速、换行、翻页。五花八门的电视节目里，让人过目不忘的却乏善可陈，毕竟太多的东西是看不到的，幸好还有书籍让我们以黎明为铜镜、以梦为马。电视机是个训练有素的小姑娘，她每天只给我们跳自己最拿手的那支舞蹈。要么是没完没了、爱来爱去的电视剧，大都是情与钱的纠葛；要么是全民欢腾的综艺晚会——“不看不知道，世界真奇妙”——生活内容丰富了，精神分出了层次，大多数人选择了看上去安全简单的玩法——口语、下倾、及物、叙事，如同这一时期的诗歌，告别了革命、浪漫和高蹈。除了记住几个混得脸熟的明星（比如赵本山），哭哭唱唱间，似乎难以留下什么特别的印象。遥控器看似在我手中，其实是电视机通过它在操控着我，人的命运也大抵如此。唯有每周星期二下午，爱看电视的人普遍情绪低落，那是电视台固定的检修时间，一个填充各种色块的大圆盘占据着整个屏幕，我们倒数着上面的时间。

几次屏住呼吸的倒数时间让我记忆犹新：一是 1997 年香港回归，一是 2000 年的新年，还有就是 2001 年北京申奥成功。它们比任何一年的春晚倒计时更激动人心。我们越是迷恋新的零点，越是享受爆破一样的欢呼瞬间，就意味着我们年复一年的生活是何其沉闷乏味。我们驯顺的身心总有“关不住了”的时候：1998 年，程光炜主编了一本叫做《岁月的遗照》（社会科学文献出版社）的诗选，掀起了所谓“知识分子”阵营与“民间”派的激辩，活像因抢遥控器而吵架的老妈和老爸，他们在那一刻刚好都拿出了自己的坏脾气。好玩吗？这一架吵得天昏地暗，谁也不想刷碗；青年们筋疲力尽、一夜谢顶，仿佛一回家就能陪老婆孩子看《还珠格格》了。电视终究解救不了大众，诗歌也如此，但人们依旧争先恐后地购买最好品牌和最新型号的电视机，将它放在老地方，供奉一个秘密，直到它在消沉里失去光彩。

北京举办奥运会那年，我家新添一台超薄的液晶电视，像一扇玻璃桌面镶在墙上。如今的电视机几乎要与墙壁融为一体了，它想浓缩成墙上的一幅画像、一块黑布，甚至想要变得透明，纤细得快要消失。在人人都喜爱上网斗地主的时代，电视已经暗自向电脑投降了，偌大的屏幕早已被永不疲惫的真人秀和广告占领了，像精神的荒草剔除不尽。不过且慢，我们似乎只注意电视机如何冲锋陷阵、成王败寇，却忽略了它身边多出来的一个方方扁扁的小扈从，像桑丘·潘沙一样跟随自己的主人。这个东西叫机顶盒，据说是为电视机接收外部的数字信号完成转换工作，因而连接在两者之间。在电视机变得越发灵便的时候，机顶盒颇不知趣地出现了，像被老板强行安插到身边的一个陌生同事，像组织派来的机要秘书，一个数据电灯泡。不过，有了它，获取电视节目资源的确更加丰富和便捷，因为机顶盒的程序在电视屏幕上铺开了一个前所未有的桌面，酷似电脑的操作系统，它将所有资源整合一新。人们可以按照一定的路径，随意挑选摆置在这个摊开的“货架”上的所有“货物”和服务。当然，这些琳琅满目的“货物”也是经过反复冲洗和包装后才走上前台的。

机顶盒进一步袒露了观众与电视机之间的消费关系和欲望关系，也暴露了它秘密执行的集成功能和控制任务。当然，它的出现，还有更加深广的意义。这个敬业的小卫兵，日夜坚守岗位，有了它，你们不太可能会打架了吧？据悉，2013年，长江文艺出版社推出一套巨无霸式的出版工程——洪子诚、程光炜主编的《中国新诗百年大典》——其中最后一卷（第30卷）中收录了几位活跃于当下诗坛且具有代表性的所谓“80后”诗人，意味着这批青年诗人开始在诗歌史上占有席位；而在另一套同样权威而耀眼的《百年新诗选》（洪子诚等主编，北京大学出版社，2015 年版）中，几位主编则一致表示：不选青年诗人。

四

我煞有介事地罗列了这么多私人回忆，其实是想通过以上感性材料，做一点简单的总结和分析，用以澄清，电视机在青年诗人精神结构的形成过程中所扮演的角色和发挥的作用，哪怕以一种并不显山露水的方式。

迄今为止，作为一个生于 1983 年的普通中国人，我陪伴电视机一同经历了它的黑白时代、彩色时代和数字时代三个阶段。这个可爱的家用电器从陌生到熟悉，从笨拙到精巧，从单一制式到多元共享，在这三个典型阶段内，机器自身书写了一出拍案称奇的变形记，一部物的自传。为方便起见，我分别用 A、B、C 来代表（以下论述中出现的相关符号，将直接在正文中标注）这三个物态阶段。巧的是，在客厅那个不变的位置上，不同时代的电视机分别见证了我的童年时代

（A1）、少年时代（B1）和青年时代（C1），尽管每次都是我在兴致勃勃地盯着它。说得再清楚些，这三个时代也大体对应着中国20世纪的80年代（A2）、90年代（B2）和21世纪至今（C2）这三个时段，三十余年的时代变迁、世界风云、家国面貌，也生动记录和呈现在任何一个电视机的荧屏上。仿佛电视屏幕里藏着一双投向外界的眼睛，静观我一天天长大，记载着一个人的个人史（它有可能还是一部快乐史、紧张史、哭泣史、无聊史、隐私史，等等）。同时，电视屏幕又是一扇展示时代更迁和生活巨变的窗口，演绎出一部国家大历史。在这块姹紫嫣红的屏幕上，我们获悉了通货膨胀、下岗创业、生态污染、扫黄打非、抗震救灾、全球反恐等事件和消息。播报新闻是电视机的本分，它为我们输出各种梳理过的图像、声音和价值观，影响了电视机前亿万观众的认知方式和生活方式。人们在千变万化的时事潮流中，谨守和调整着自己与现实的关系，渐渐熟悉和习惯了处身其中的这个时好时坏的年代。

电视机身兼眼睛和窗口两种角色，分别在屏幕前和屏幕上，印制出一部青年人的个人成长史和一部国家的大历史。这里，有诗歌什么事吗？电视前和电视里几乎找不到它多少踪影，多年前的晚饭后，一位少先队员在客厅里为背诵第二天升旗仪式上的抒情诗而愁眉苦脸；多年后的晚饭后，丁酉年正月十一，许多过完春节意犹未尽的中国人，大都把电视机锁定在央视一套播出的《中国诗词大会》总决赛。但这些跟我们提到的诗歌，也几乎没有什么关系。电视机永远是反诗歌的，真正的诗歌总跟电视捉迷藏，它总待在电视机投下的那片阴影里。它建立了一小块极夜，总不让我们一睹真容。电视机注意过它，觉得诗是好的，希望将它请上明亮的屏幕，登上大舞台，开辟大历史。于是，北面有诗人宣告："黑夜给了我黑色的眼睛 / 我却用它寻找光明。"（顾城：《一代人》）让黑夜走向光明，这几乎道出了朦胧诗一代诗人的基本逻辑，他们掀起了一个短暂而狂暴的新诗潮（朦胧诗）运动（A3）。以新诗潮为轴心（A3 与 A、A1 和 A2 只是大体对应，这里不强调它们的严格对应关系，只强调它的轴心功能，下同），诗人们喊出了一连串苦大仇深、高亢尖锐的人声，但这些动人的呐喊很快就被坚硬的新闻腔和着魔的雪花点遮盖和吞噬。向光明进军失败的黑夜该搁在哪里呢？南面有诗人如是慨叹："夜啊，你总是还够不上夜。"（张枣：《卡夫卡致菲丽丝》）夜太美，美过白昼；夜无界，以梦为马；夜词终了处，夜曲即告开始。黑夜的嘴张开了，历史来到另一扇门前。迅速蔓延的新生代（第三代诗人）运动（B3），很快在美学上放弃了写作的黑白格式，他们在夜空里乘坐卫星遨游，扫描出白昼背后的绚烂光谱，亮出自己的逻辑——蔑视于光明的诱惑，狂欢于黑暗的潜能。

真正的诗歌仍旧躲在电视机后面，栖息于自己的林中路、解放区和责任田。它不愿露面，仿佛隔着什么东西，仍在我耳边饶舌："有我所不乐意的在天堂里，我不愿去；有我所不乐意的在地狱里，我不愿去；有我所不乐意的在你们将来的黄金世界里，我不愿去。"（鲁迅：《影的告别》）诗歌始终是一种幕后的声音，在那道帘子后面，哪里都不愿去，就意味着可以去任何地方。21世纪以来的中国诗歌（C3），在迅猛发展的互联网和遍地开花的新媒体的助阵下，已经没有什么不能写，没有什么看不到，词语漂亮得胜过夜空的烟花，真理火热得像正午的太阳，内心精确得如同树叶的纹理。握着遥控器，我们的问题不再是期望增加多少频道、功能和服务，而是为我们无法从容淡定地做出选择而苦恼，为我们不能在一个适宜的地方停下来而深深自责。我们用一个欲望对付另一个欲望，把一种空虚掷入另一种空虚，诗歌的桌面在向着无限摊开，也就意味着它在向自身闭合。

今天的诗歌，已经不再逡巡于道义、政治、金钱、地域、性别、阶层、意识形态、美学范式等常规命题的张力之中。尽管我们随便拿一首现代诗，都可以名正言顺地通过以上法器加以认识和解读。它们都成了“货架”上的“货物”，能够待价而沽，买卖欢喜。要紧的不是这些，而是在无限复多和增值的境遇中，诗歌如何返回纯一的心智和头脑，如何重新修补词与物之间已然破裂的原初关系，如何与人为善、与己修好。世界疯狂变化，诗歌当久病成医，前路必将是一次危险的旅行，青年诗人必须屏住呼吸，泅渡过这最黑的浓夜：“只有黑夜从玻璃牙缝 / 挤出毒液，喷在他们眼里。”（唐不遇：《历史——致弱冠之年的你们》）寻找光明没有错，倾夜迷醉也没有错，只是别让寻找光明的眼睛和够住夜的手指沾上那致命的毒液，走错门和开倒车将比一切魔鬼更可怕，旅途可要当心：革命有毒、理想有毒、爱情有毒、资本有毒，一切过分的东西，都不可避免地流淌着毒液；大地有毒，天空有毒，蔬菜有毒，牛奶有毒，世道人心皆有毒，这个世界会好吗……我们常说一个或所有问题，如今所有的问题都爆发了，所有的毒性都发作了，逐一解决是不可能的。我们只能尝试把所有问题放在一起，堆垒、集成、化合、聚变……只能谋求总体性的解决之道，实现以心传心。它不会更复杂，只会更原始。为此，我将以上论述和各种元素关系总结为以下图表：

<table>
<tr><td colspan="3">四种历史</td><td colspan="3">三段论</td><td>条件</td><td></td></tr>
<tr><td>甲</td><td>幕前史</td><td>个人成长史</td><td>童年（A1）</td><td>少年（B1）</td><td>青年（C1）</td><td>电视是眼睛</td><td rowspan="4">物</td></tr>
<tr><td>乙</td><td>幕上史</td><td>国家大历史</td><td>80 年代（A2）</td><td>90 年代（B2）</td><td>21 世纪（C2）</td><td>电视是窗口</td></tr>
<tr><td>丙</td><td>幕后史</td><td>诗人工作史</td><td>新诗潮轴心（A3）</td><td>新生代轴心（B3）</td><td>21 世纪轴心（C3）</td><td>电视是幕布</td></tr>
<tr><td>丁</td><td>机本史</td><td>物的演变史</td><td>黑白时代（A）</td><td>彩色时代（B）</td><td>数字时代（C）</td><td>电视是面孔</td></tr>
<tr><td colspan="3"></td><td>A</td><td>B</td><td>C</td><td colspan="2">机顶盒（STB）</td></tr>
<tr><td colspan="3">内容</td><td>新闻、电影</td><td>电视剧、综艺</td><td>真人秀、广告</td><td rowspan="4">辩证运动</td><td rowspan="4">词</td></tr>
<tr><td colspan="3">体裁</td><td>神话、史诗</td><td>小说、散文</td><td>跨文体</td></tr>
<tr><td colspan="3">功能</td><td>隐喻</td><td>转喻</td><td>变形</td></tr>
<tr><td colspan="3">诗性智慧（以“黑夜”为例）</td><td>“黑夜给了我黑色的眼睛，/我却用它寻找光明。”（顾城）</td><td>“夜呀，你总是够不上夜。”（张枣）</td><td>“只有黑夜从玻璃牙缝/挤出毒液，喷在他们眼里。”（唐不遇）</td></tr>
</table>

这张图表极为粗犷而独断地综合了前面提到的绝大多数

问题，虽然远不是所有问题，但我们已经悄悄在未来的前夜动身，踏上这条危险的旅途了（如果我能写成一本书，我将像一个中学地理教员那样，详细讲述这张表格，并不断修正和完善它）。如何一起解决所有问题？这依旧是一个天方夜谭，但我们起码可以在整体性图纸之上充满预见和意向地看问题了。种种问题和重重困难，最终会在数学上化归为一个点，我们要在最初和最基本的物质要素中做出还原。无论是大洪水，还是大爆炸，我们都要严阵以待。让我们回到本文论述的空间起点：客厅。在客厅中，很容易找到那个用来摆放电视机的固定位置，那里似乎供奉着一尊技术时代的神龛。这个神龛，本该是电视机，但如今却超越了电视机。我们把注意力放在电视机旁边那只神秘的机顶盒（STB）上：它是人类精神的无意识顶峰派来的钦差大臣，也是电视机积极转移出来的袖珍司令部，里面似乎藏着全世界的信息和数据，但它的构成却简单极了。它仿佛是上帝腰间一枚永恒的小赘物，被恭敬地摆在一间世俗的客厅里，安静地指挥着最先进的数字电视的日常工作，监制着一场无休止的生活戏剧。

机顶盒将前三种历史（甲、乙、丙）集成进第四种历史（丁）中，在原初之物的演变序列里展开层层褶皱，将所有秘密晾晒在一个虚拟的平面上，一览无余。同时，它也刻画了历史三段论的辩证运动，具体来说：

一、从 A 到 B 的过程，形成进化思维。机器、岁时、社会制度、历史主体、时代精神、文化征象、文学体裁等元素，都要接受更新换代、不断革命、非此即彼的运动指令。这种进化思维是机顶盒的本能冲动和基础欲望，在包括诗歌史在内的复数历史中广泛存在。它号召在“多”中取“一”（在众多可能的黑夜中选择能够接引白昼的黑夜），树立、鼓吹“一”的权威性，抹平、消灭“多”的差异性。进化思维产生领袖、强人和英雄（新诗潮运动中的北岛就被塑造成文化英雄，而他想象中的敌人同样是英雄），他们将谱写史诗，最终都被各种历史叙事描述为本我状态的机顶盒。亿万人中的卡里斯玛，诗林间的政客，幻想着自己处于人类精神食物链的顶端。这归根到底是一种神话思维和隐喻思维，却在我们的日常世界里以最普遍的面目存在和传播。

二、从 B 到 C 的过程，形成集成思维。虽然除旧布新的心态依然盛行，但控制、审查和注册登记等机制成为更强硬的管理学和规训术，线性精神被平面精神回收和整顿，转喻代替了隐喻，狂热的偶像崇拜切换为平庸的举世繁荣，一个二手的散文时代。这正是机顶盒在现实中要做的工作，这种原理支配着机顶盒的自我意识。这个过程同样是从“多”到“一”，但“一”的存在并不以压抑和牺牲“多”为代价，而是以“多”的旺盛生长、有序竞争为前提(“够不上夜”的“夜”有无穷多个)。这里出现了改头换面的领袖、强人和英雄，他们就在你我身边，衣着朴素。当自我意识膨胀到一定程度时，有人就该将自己认做大师、国际名流和百科全书式的人物了（当今的诗歌界，从青年到老年，怀有这种机顶盒思维的人还少吗？）。

三、在从A到B，再从B到C建立正向进路的同时，还存在一条从C到A的逆向进路：返璞思维。当电视机薄得不能再薄的时候，怀古和寻根之风又盛行起来。电视将成为一个幽灵，附着在任何一个自然材料上：岩石、木门、水杯、T恤、稿纸，甚至马桶盖，都有可能成为一台临时的电视。平面走向极致，将发明出新的立体，电视又具有了不规则的形象和可触可感的原初形式，装上天线和按钮。它反对纤薄和透明，主张敦厚和浑浊（在当下诗歌界，一些人会打着这种替天行道的幌子，重新让诗歌粗鄙化和简陋化，并培养众多青年信徒，而这终究是一场徒劳无功、自欺欺人的低级游戏)。这种思维抵抗历史的达尔文主义，让创造过程重新带上粗糙的质感和原始的丰盈，回到无穷尽的万事万物上，让文本返回历史，让“多”永恒性地回到“一”(依旧需要一双从黑夜里睁开的眼睛，但要避开毒液，守望澄明)。这里出现的将是机顶盒的超我，一只大道至简的黑箱，装着满满的宇宙能量，也装着无量的追问和虚空。中国诗人说，它装着千岁忧和万古愁。这是否暗示了历史的终结和诗歌的覆灭？但它又保持黑箱的外形，将界限、标准、尺度和转换规律藏而不宣，永远保持为一个秘密，一记毒吻。这只超我形态的机顶盒，究竟是制造毒素的历史之脾，还是过滤毒素的历史之肾？是分析毒素的历史之脑，还是蔑视毒素的历史之心？我们都不得而知。隐喻和转喻都无法解释这种思维，我们只能称它为变形：画中仙变成兰花，兰花变成蝴蝶，蝴蝶变成毛毛虫，毛毛虫变成茧蛹，茧蛹变成石头……

青年诗人的危险旅程，就是要在综合这三种进程之后，开拓出一条因地制宜、相机而动的道路。它可能是一条从未有人走过的路，也可能是一条轻车熟路，但一定不是一条铺满不良幻想的路；它应该是一条人们在广袤大地上云行雨施、辛苦劳作之后自然形成的路。在我们身边最平凡的事物上，这条路为我们留下了一个狭小而隐蔽的入口，布满迷人的雪花点。通过检阅和体察集合在平凡事物上的多维历史，我们掌握了认识路标的本领和绘制路线的智慧。每个青年诗人的作品，都将变成自己手中那只阿里阿德涅线团的一部分，你们应该勇敢地把线团抛向远方，走出一条 My way。每一条轨迹都是一次性的，也是不可再现的。走上这条路吧，直到人们不再叫你青年，而叫你诗人；走上这条路，直到别人不再叫你诗人，而叫你的名字；走上去，直到别人不再叫你的名字，直到别人忘了你的名字。

2017 年 2 月

吉林蛟河

批评与西门

一

在台湾花莲的太鲁阁，诗人冷霜与我沿着逶迤雄奇、忽明忽暗的白杨步道并肩下山。我们刚刚穿越了水帘洞锥心的沁凉，谈论着那些从头到脚淋透我们的流水即将汇入不远处的太平洋。说到这，这位博学而亲切的师长突然提起兴致，向我讲起《孤筏重洋》的故事（海子极端热爱这本书，直到卧轨前还将它带在身边）。

这是一桩真实发生的故事。由于调查时获得的多方证据和蛊惑人心的大胆推论，挪威人类学家海尔达尔越来越相信，太平洋的波利尼西亚群岛上的第一批居民，是公元5世纪时从遥远的南美洲顺着洋流迁徙而来的。他决心以身试法，乘坐南美土著的木筏（处于石器时代的他们还不会造船），来完成一次横渡太平洋的探险，验证自己的假说。1947年春，海尔达尔和他的伙伴们踏上木筏，从秘鲁出发，一路向西，把脑袋拴在腰带上，在太平洋上乘风破浪，漂流了三个多月，航行四千余海里，居然成功地抵达了波利尼西亚群岛……一路上，我深深陶醉在冷霜绘声绘色的讲述中，只有几丈高的海浪拍岸时传来的阵阵澎湃之声，不绝于耳。在一篇名为《中文系，青春与诗歌的过往》的文章中，这位在太平洋边久久站立的诗人，回忆了自己第一次被那更为迷人的波浪拍打的瞬间：

> 大二那年秋天的一个中午，宿舍里只有我一个人，在靠窗的公用的桌上，我发现搁着一册印制得很朴素的刊物，封面上印着两个黑字：倾向。这一期是两位已故诗人海子、骆一禾的纪念专辑。这是我第一次知道这两个名字，也是我第一次接触到当代的民间诗刊。
>
> 当我读到海子和骆一禾的诗，特别是海子那些短诗，我顿时被他的语言击中了。“阳光打在地上 / 并不见得 / 我的胸口在疼 / 疼又怎样 / 阳光打在地上”——这些诗的含义，当时未必理解，但那简洁而强劲的动词却无比生动地点亮了我的经验。我喜欢它的准确、锐利、硬朗。

当我从太平洋西岸坐回北京看丹桥的书桌前，开始思考，民大究竟是从何时起形成了它澎湃的诗学风气？这似乎是我无从回答的问题。但我可以确凿地回答，在一个毫无防备的时刻，我受到了一种神秘力量的牵引，仿佛成了那“孤筏重洋”的一员，追随着那些可敬可爱的前辈，与少数一批相识或不相识的人们，登上一只简陋的木筏，滑进一扇诗歌的窄门，在浩瀚无际、暗自汹涌的批评海洋上孤独地漂流，在单调、腥涩、艰深如荒原般的海面上紧捏着自己内心的航线。“这些无辜的使者 / 她们平凡地穿着夏天的衣服 / 坐在这里，我的身旁 / 向我微笑 / 向我微露老年的害羞的乳房”，这是诗人柏桦的代表作《往事》中的诗句，在中央民族大学北主楼一间陈旧的教室里，它由一个操着椒盐普通话的授课教师一顿一挫地读出来。有时，在句子的停顿处，他还抬头望一望台下的学生。在那节本来与我毫无关系的“新诗研究”选修课上，我认定自己听到了一种真正的来自诗的声音，它颠覆了我从前对诗歌的肤浅理解，也听到了一番对文学和写作的全新见识，让我屏气凝神、深深陶醉。从此，我记住了这位讲诗歌的老师，决定报考中国现当代文学专业的研究生。与冷霜遇到的情形几乎一模一样，这堂课像闪电一样击中了我，让我迷茫无着的灰暗青春瞬间明亮了起来，我在光亮中看清了自己的面孔，嗅出了那些我注定要在孤筏上与之相遇的人们。直到今天，我也无法解释内心里缘何会发生如此奇妙的化学反应。

二

那是 2004 年，时间好像已经接到一封急速前进的密令，正踟蹰在它最后的犹疑当中。北京市民从对“非典”的恐惧中慢慢缓过神来，中央民族大学中文系进入不惑之年，它刚刚更名为文学与新闻传播学院，踏上学科大跃进的康庄大道，而闻宥、裴斐等挂在墙上的一代宗师也只能落得被观瞻的命运——这里已经换了人间。整个校园在大兴土木，为汉语言文学专业晋升一级学科立下汗马功劳的文学教师敬文东，终于在魏公村接住了他从上海丽娃河畔抛来的博士帽（他意气风发的手臂未免将它抛得太高太远了）。从华东师大中文系毕业后，这位来自蜀地剑门关的文字侠客到“中央”工作已经五年，当他目睹了自己班上的女生在刚刚聆听过他的一通高谈阔论之后，依然安之若素地到操场边的打字社去租琼瑶的小说时，已经基本预感到中国的人文教育将迎来全面的惨败，无力回天的他索性勉强说服自己接受“教书只为稻粱谋”的训条。不过欣慰之事还是有的，比如一年之后，一个叫王笑的本科生，在他的指导下，撰写了一篇谈卞之琳翻译观的论文，独立发表在该年某期的《江汉大学学报》上，还引起了不小的轰动。

2004 年，敬先生还不是教授，讲课比现在更加生猛有趣，被顺理成章地冠以“偏激”之名。在一篇在网上匿名流传的、题为《孩子们的合唱》的文章里，作者这样描述当年对敬先生的印象：“他习惯用手反复捋一捋额前的‘瓦片发’，他习惯把袖子卷起又放下，他喜欢奋力地擦着他的眼镜片，他也喜欢独倚窗前，抽烟凝思，笔生花。”那一年，敬先生还没有写出后来自己颇为看重的“动作 / 行为三部曲”，但其作品和著述已远超同辈学人，仅凭一部研究四川当代地下诗歌的博士论文，便可堪称诗歌批评界之翘楚。火锅、茶馆、晚报、银行……在这个充斥着喧哗与骚动的强人时代里，我只记住了那么吵吵的一句口头禅：“哼，乱整吧，老子大家乱整！”

在当时位于北京丰益桥的书房里，这位36岁的批评家为24岁的广东青年诗人唐不遇的处女诗集《魔鬼的美德》写下序言，后者已从民大少数民族语言文学系毕业两年，正兢兢业业地效力于他的老东家《珠海特区报》。这个追慕贾岛的诗歌青年进步飞速，引人瞩目，很快在一批出生于20世纪80年代的写作者中间成长为领头羊。多年以后，柔刚诗歌奖和“诗建设”奖似乎也像他的维吉尔那样，在这个才华横溢的年轻人身上投下一笔巨额赌注，并且叮嘱，唯有写作，“才值得我们为之终生奋斗而不计成败得失”。唐不遇在一篇文章中公开承认：

> 我对敬先生是心存感激的。2000年，假使不是他的出现，那我就会一直走在一条最孤独的道路上——那是一种蹩脚的、徘徊在门外的孤独；这时孤独是有害的。至少，他为我指点了一座房屋……孤独仍然伴随着我，不过却发生了令人惊讶的变化：房屋里的孤独不仅无害，还成了我的诤友和保护者。

是的，敬先生为每一位从他身上受益的学生安排了一座房屋，包括他自己。2004 年，事实上每个年头都如此，除了上课和开会，敬先生在书房中度过一天中的大部分时间，其勤奋程度甚至超过了一个两年后要住在他家里复习考研的外专业男生，此君因敬先生曾在课堂上朗诵一首柏桦的诗而立志“弃明投暗”“孤筏重洋”。除了嘉奖后进，敬先生在与沮丧心情的搏斗中独自败下阵来，先将一沓酝酿已久的理论著作初稿撕得粉碎（这是为孕育《随“贝格尔号”出游——论动作（action）和话语（discourse）的关系》一书牺牲掉的第一批精子，作者在这部至今鲜有人提及的著作中虚构了另一个“孤筏重洋”的历险记），再把半支烟狠狠地掐灭在烟灰缸里。呛人的烟味和失败的气息充满了那间狭小的书房，绝不能让他睡在襁褓中的女儿闻到。那年他刚刚做父亲，用唐不遇的一个标题来形容，是个“胜利者”，却在写作的志业中一遍遍否定自己，他还不曾料到将来的某一天能奇迹般地把烟戒掉。

三

2004 年，来自云南大理的普米族小伙儿颜炼军的随笔作品《坐井观天》被收入该年王蒙主编的《中国最佳散文》，而早先一年，他的处女作《幼稚的叹息》就已进入当时在祝勇手中办得风生水起的《布老虎散文》（夏之卷）中。由于考研失利，这个比唐不遇低一届的民大中文系毕业生已为自己的"北漂"生活做好了长期的准备。在诗人西渡和编辑脚印的慷慨支援下，颜炼军一边在人民文学出版社做兼职，一边客居母校，为读书梦想发起第二次冲刺。值得庆幸的是，他坚韧的品格和惊人的才干得到了未来导师敬文东的激赏，同唐不遇一样，两人很快结成了友人般的师生关系。在民大西门的小饭馆里，他们经常用面条、啤酒、诗歌和学术问题来打发星期五下课后无数个舒心的傍晚。颜炼军既倾心创作，又研习学问；既从事西文原著的翻译苦业，又担任出版社责任编辑，文学天赋和学术潜力像一粒缓释胶囊那样发挥着持久、绵延的功效。十年后，丰收的麦穗垂满金黄的大脑，颜炼军的博士论文《象征的漂移——汉语新诗的诗意变形记》即将在广西师范大学出版社出版。在本书的序言中，诗人赵野以长辈的口吻递来素朴的嘉奖：

这是一本懂诗的人写得非常内行的书，对汉语诗歌作了全面深入的思考，抵达了一些问题的内核，有着真正的发现。

2004年，旅居德国的诗人张枣似乎已萌生了回国的念头，他去国近二十载，远离国内翻天覆地、光怪陆离的生活现场，但特里尔大学的博士学位不好拿，还需苦干加巧干。那时他还不认识刚当上“北漂”的颜炼军。除了《镜中》之外，汉语读者还不熟悉他更多的作品：“我必须再一次回到中国，真正回到中国，我必须知道，活在这个时代，自己的诗歌还能使自己满足。如果这种感觉没有找到的话，对我就是巨大的威胁和恐怖。”一天下午，在纽约街角的一间咖啡馆里，张枣与他分手多年的初恋女友娟娟见面了（张枣在早期的多首作品中都会提到她）。两个中年陌路人“隔着桌子，忍着遥远”，他们的对话从回忆里开始，在遗忘里结尾：“你想了想，摇摇头，说，真忘了。/ 然后你深深地向咖啡杯底张望。”分别时，意犹未尽的张枣暗示娟娟当晚能留下来，就像他们年轻时那样，形影不离，自然而然，“以便容纳他俩最芬芳的夜晚”，以便告诉她，“我天天梦见万古愁”。然而，娟娟的回答却是：“不！”张枣碰了冷钉子，在怅然若失中写下《湘君》

一诗，只手熄灭他体内那盏幽暗的灯。

在我27岁生日那天，有生以来最漆黑的情绪笼罩着我。当晚，在大白鲨的一张二人餐桌上，颜炼军将这段张枣的故事讲给我，宽慰我，盼我尽早成熟，这份兄长的关怀直到我偏居丰台、他落户杭州后还依旧延续着。就在这年3月8日，张枣病逝于图宾根。他其时已进入肺癌晚期，却疏忽检查。在北京干燥的冬天，他大清早从望京赶来为我们上课（这是私下约定好的、研究生教学计划之外的一系列秘密小讲座），每次都带着打印好的材料，每人一份。为了能在一间独立的屋子里谈一上午诗，与那些伟大的诗人对视一小会儿，有时他还要与我们一起在走廊等着姗姗来迟的教务拿着钥匙来开门——

> 我一直记得搀扶诗人张枣走出中央民族大学西门的那一幕。那天上午，大雪初停，天气微寒。馋嘴的他，忍着背部的疼痛和呼吸的不适，拉着我去吃热气腾腾的桂林米粉。张枣酷爱美食，常常突然生出吃的好主意。没想到，我们师生一场，诀别仪式也这么有滋有味。

这是颜炼军在他编辑的《张枣的诗》后记中写下的文字，

酸中带甜，像西门的一碗米粉，飘出永诀的味道。在此前的三年里，张枣在中央民族大学度过了极好的时光，他把对诗歌的高级见识和因诗生出的亲密友谊带给了这里的一群学生朋友，可以称得上是，用西门的高山流水结束了海外的寂寞流亡。尽管他匆匆驾鹤西游，但民大的学诗子弟们反而再也无法离开他了，他狠狠地掐痛了我们。那智性、顽皮的疼痛难以抵御，然而一旦松开手时，我们一个个都变成了装满发条的橙子，浑身流荡着致命的欢欣。

四

2004年，诗人冷霜在他的天堂里迷了路。未名湖畔的风继续吹着，在这一年的毕业季里，已经在北京大学中文系攻读了四年博士学位的他，正在手忙脚乱地办理延长学业的各种烦琐手续。他还要继续留在自己心爱的燕园，像十四年前刚刚踏进校门时一样，去守护那个最初的诗歌梦想，关心文字里的粮食和蔬菜，不用急着惦记校门外的前途和未来。在母校，冷霜还会跟往常一样，从28楼沿着工行那条路往艺园方向散步，仿佛还会看到前方一群沉默的黑衣人，也正守护着一段高举着青春、热血和理想主义的过往岁月，奔赴一个诗歌的约会：

> 用西渡的话说，那是一个几乎被遗忘了的 90 年代，是 80 年代已经过去，而市场化转型还没有开始的 90 年代，它像是突然中止的 80 年代一个余音未尽的尾声，仍然带着坚执、高蹈的精神气质和强烈的对抗色彩，又似乎已感到困顿，而显出一丝茫然……

两年后，冷霜通过博士论文答辩，喜获北京大学文学博士学位，在这个急匆匆的时代，前途和未来的问题几乎同时摆在眼前，位于海淀区同一条中关村大街上的中央民族大学为他提供了一个继续迷路的天堂。在西门，敬先生与他击掌庆贺："我们胜利了！"同样在这年冬天，张枣告别孤独堡，也站在了这个相同的地方，敬先生在忙乱中居然把旁边的一位老翁错认成这位大名鼎鼎的诗人。"我有那么老吗？哈哈哈哈……"西门车来车往，人头攒动，女生鲜艳，保安肃穆，开怀大笑也迅速交织进小贩们的叫卖声中。

2004年，范云晶从河北师范大学文学院毕业，在著名诗歌评论家陈超教授的指导下取得了文学硕士学位，准备去河南一所高校开启她传道授业的教师生涯。曹梦琰从陕西榆林考入中央民族大学法学院，立志成为新一代律师佳人，喜爱在嚼食一部法典时再搭配一袋猫耳朵。李大珊和王辰龙在河北承德和辽宁沈阳各自迈进了高中的门槛，彼此也绝不会想到，在不久的将来，他们会坐在民大同一间教室里学习文学，跟随同一位导师，分别肩负两个挑战性的写作任务（其中李大珊的本科毕业论文就曾以头条的形式发表于《名作欣赏》杂志）。李海鹏在沈阳读初三，勤奋乐天，成绩优异，并能品鉴青岛啤酒，当时还没有跟王辰龙所在的铁西区的小伙伴们一起玩耍，但估计他们已经各自研发、改进并掌握了埋花窖和叠纸塔等童年游戏。

当这五位青年批评家在各自生命中的某一天被民大日益澎湃的诗歌风浪打湿了衣襟，不约而同地开始一次漫长的美学散步之时，张枣、敬文东、冷霜、唐不遇、颜炼军……这些激动人心的名字，在冥冥之中，汇聚成一伙走在前面的黑衣人，他们在每个人的自由意志中开拓了一个共同的方向，仿佛永远在指引着我们这些后来的同志，要战胜内心的惶惑，在这条道路上勇敢地朝前走。每走一步，就实现和解救了一部分自己，即使迷路了，也要在天堂里迷路。木筏太小，风浪太凶，但这些前驱者们却在风暴中手持灯盏、闲庭信步，在光亮中为我们安放下一张安静的书桌，让我们可以相互激励，一同取暖。就这样，我们抱着对远游的梦想和对天堂的向往，走向那个俗气的西门，那个绝对的西门，一小块混合着等待、相聚、穿梭和分离的极地，一个民大的G点。

五

最好的房间只需要明亮：
在狭窄的空间里，堆满书
新鲜的思想被照耀得像串葡萄
头垂向大地。
（敬文东《房间》）

十年后，王辰龙和李海鹏已迅速成长为风头正劲且潜力巨大的青年诗人、民大朱贝骨诗社的元老级社员，同时也拜敬、冷二位先生的教赐，深耕于诗歌批评的田野。在他们虔诚的坚持和推动下，民大校园里更多的诗歌爱好者被点燃了空前的写作热情。他们的师姐李大珊刚刚完成写作上的硬着陆，从硕士学位论文炼狱般的思维泥沼中解放出来，继续在敬先生门下攻读博士学位。她用双脚代替头脑，若有所思，小心涉渡，步步惊心，等待着迎面走来的朋友喊住她，带给她绵密的关爱和辽阔的意境。尽管接受过完好的民大文学专业本科和研究生阶段的正统学术训练，但为了啃下“现代汉诗与事情的关系问题”这块没人啃得下的硬骨头，她曾付出过艰辛到泣血的努力。作为敬先生的第一个博士生，曹梦琰专心熬制她的博士论文。这是她第十次看民大橙黄的银杏叶覆满通向图书馆的小径，书架上的《汉谟拉比法典》早已换成了《追忆似水年华》，但同样都能抖落出猫耳朵的萧萧残屑，猫一样轻傲，雾一样困惑，耳朵一样孤冷，听觉一样敏感，她对“巴蜀五君子”的杰出研究，正是日夜收集这些尘世碎片后铸造出的一枝金玫瑰。在上天的安排下，范云晶选择民大作为她继续深造的学府，在专业水准上突飞猛进，先后抛出几篇令人刮目相看的论文。她凭借着质朴、谦逊和诚恳的品格，很快赢得了弟弟妹妹们的喜爱，俨然成为民大青年批评家小组中的一员，陈超先生在那个秋夜的离去狠狠掐痛了她，就像张枣在四年前掐痛我们一样。

在这十年里，我似乎寸步不离地站在民大西门，看着一些人离开的背影，等待另一些人面带微笑地走来——“这些无辜的使者 / 她们平凡地穿着夏天的衣服 / 坐在这里，我的身旁”——我坚信他们都是我在“孤筏重洋”的使命中注定要遇到的人。如同柏桦经常提到的，在决定性的年龄遇到决定性的人，而西门，是否就是那个决定性的地点？它同时涵纳了年龄和人。现在，体会过生存之痛的我们，终于在诗歌批评的孤筏上站在一起了。头顶是“奇怪而高”的天空，周围是潮水般的陌生人，在汹涌浩瀚的海面上，我们的写作正接受着那些伟大星辰的凝视和打量。

2014 年，在北京大学百年讲堂里，第十五届未名诗歌节以“我们年龄的雾”为主题（它来自冷霜的一个诗歌标题），揭开了出生于 20 世纪 80 年代的一批诗歌写作者登上历史前台的序幕。其中，作为讲读嘉宾，出生于 1980 年的唐不遇和 1988 年的王辰龙先后在同一部麦克风前向着夜空般漆黑的台下朗诵了自己的作品。而在他们朗诵之前，冷霜刚刚在同一位置发表了主题演讲。由于时序和机缘的推动，有一部麦克风被递到了民大青年批评家群体中间，在各自的诗歌批评习作中，五位民大青年批评家展示了他们八仙过海的写作才华和锋芒初露的批评语调。批评对象是谁，并不一定是最重要的，批评行动对汉语写作本身的治疗和批评写作中呈现出的问题意识，才是读者应当予以关注的。这也是民大批评餐桌上的主菜，是他们发奋修炼的绝学和大招。既然已经选择从事这个行当，那我们就必须拿起手中的筷子，去逼近那个最难取材、最费功夫、最占时间、最花心思，也最美味无穷、最沁人心脾的庄重美味。不然，混这一行又有什么意思呢？

批评，必须要直面真问题，必须要拿出真性情，必须要敲骨吸髓般地品咂出我们文化中的悲悯，也必须要怜香惜玉式地守护着汉语那份珍贵的优美。我们酝酿已久的批评激情从来不是为了满足于餐前那几道精巧的开胃菜，也不准备迷失于餐后那几份博人眼球的甜点和一大盘五彩缤纷的水果。因为我们压根儿不爱喝心灵鸡汤，也反感涂文化口红，你必须拿出地道的美馔佳肴来慰劳我们被惯坏了的味蕾和胃肠。在当下，做一个批评家是极其容易的事情，因为一个不那么伟大的时代将批评工作的身位和水准都降低了，也将严肃的批评目光弄得浑浊不堪。一个批评家所面对的问题之真伪决定了他工作价值之优劣，一个批评家写作语调的疏同决定了他对作品开掘程度的深浅。因而，就像高尔泰所说，人在潜意识和意识之上，还存在着一个“上意识”，它犹如一颗遥远的恒星，给我们一种坚定而明确的指引，它决定了一个人的创造能力和思想能力，只有朝向西天垂下的黄昏，我们才有可能瞥见那一抹撼人心魄的光辉。一个人只有在这个具有超越意味的“上意识”的引领下投身于创造和自我创造时，他才能真正获得自己的存在和自由。一群阿 Q 是不能相互促进的，只有一群思想者才能实现共赢。

六

民大青年批评家的写作是彼此独立、自负盈亏的，有着可贵的精神品格和学术道德，也各自凸显着不同程度的弊病和缺陷。作为一批刚刚出道的批评嫩仔，他们更加需要“上意识”的庇护和指正，也希望所有关心年轻一代成长的前辈学人能无私地充当他们的“上意识”，积极地锻造和打磨他们尚不明朗圆润的造型和棱角，开启和点拨他们尚未完全打通的心智和灵犀，锻造和建塑他们夹杂着浮躁和脆弱的性情和意志。以上这些，也恳请同代的批评同行们予以监督和纠正。

尽管民大青年批评家的面孔并非完全清晰可辨，但这些面孔一定是朝西的，这向死而在的河床，这“孤筏重洋”的方向。他们愿意沐浴在下午四点钟柔和的光泽里，而将后背交给蒸蒸日上的朝阳，以便能时刻看清自己的影子，取悦另一个影子，向往一颗渺远的星辰，面向喧闹、杂乱甚至有点肮脏的西门，去整理激扬岁月里那些收不回来的豪情壮志，穿越拱廊街上注定消逝的电幻声光，等待一段会饮、谈诗和夜归的时辰，认领每个人的名字、语调和运命。庄子在《养生主》开篇讲道：“吾生也有涯，而知也无涯 。以有涯随无涯，殆已！已而为知者，殆而已矣！为善无近名，为恶无近刑。缘督以为经，可以保身，可以全生，可以养亲，可以尽年。”在民大青年批评家的身影里，我们可以辨认出一条自然绵延的督脉，先将每一个人从头到脚淋透，再将其与他们信赖和爱戴的先行者的身影串联在一起，汇合于同一片海洋，让古老的批评精神和汉语中的浩然正气得以薪火相传、和光同尘。仰仗天时地利与人和，民大的诗学风气方能因缘具足，跬步千里，周行不殆。

作为一种可以传承的抒情之血和写作之道，民大青年批评家的作品酷似一种令他们的朋友爱到着魔的食品——馕，它在民大西门的清真餐馆里很容易买到。经过烈火的淬炼（具有坚韧的意志）、酥油的浸润（彼此独立、互不粘连）以及肉末、孜然和胡椒粉的点撒（广博的口味，深层的感染），这个看起来既平常又陌生的圆形烤饼，比一般的主食更易于保存，也更能博得各民族、各地域人民的称赞和留恋，散发着持久诱人的魅力。阅读民大青年批评家的一篇作品，就如同啃食一只馕，它要求读者具备一副健朗有力的牙口，这样才能体验论述中独有的劲道，仔细研磨那些难缠的问题；也要求读者配有一副柔软性感的唇舌，这样才能品尝汉语中酥香甘润的滋味，慢慢享受那些销魂的气息。在日积月累的写作中，民大青年批评家逐渐成为苦行中的享乐主义者，成为贾岛和罗兰·巴特的综合。在这种诗学风气中，我盼望自己能与他们一道成熟。

循着烤馕的香味，在向西迈进的批评旅途上，在远离水源的沙漠深处，这样的争论在他们中间时常发生：

曹梦琰：写诗能解决一个人生活本身的问题吗？

李海鹏：我觉得可以。

曹梦琰：我觉得不能。

王辰龙：呵呵。

2014年11月

北京看丹桥

我讨厌批评

熵是时光之箭。

——亚瑟·爱丁顿

一

我讨厌批评，我憎恶批评家，这个索然无趣的幻觉令我惶惶不可终日。然而，为了逃避这个惩罚，我必须硬着头皮向更大的深渊走去。[1] 据说，20 世纪是批评的世纪，也是一个渐次崩溃的世纪。米沃什发现，从柏拉图开始、绵延了两

1 作为本文的开头，这句话是对列维－斯特劳斯《忧郁的热带》首句（“我讨厌旅行，我恨探险家。然而，现在我预备要讲述我自己的探险经验。”）的鹦鹉学舌。意思是，对我而言，对现代汉诗的批评行动无异于一次伤感的文本旅行。

千多年的“灵魂和肉体”二重性，在今天已经不再奏效，似乎像只海参，被辛波斯卡那句“肉体和一个碎语”取代，成为貌合神离的新对子。肉体开枪，灵魂倒下。在20世纪，无论你是否愿意，肉体将迎来它必然的痛苦。信仰伸来的援手总是要短一厘米，而诗歌就是那一句漫不经心的碎语，一串迅速消失的笑声，它的音调总是浸透着无可救药的阴郁。这乖戾而刺耳的笑声，经常耸然间在我耳边响起：我为之痴迷，也为之恶心。它回旋在我通往深渊的途中，而我却只能径直朝向前方蹒跚地撤退。不得不开始的长征，我听到汉语诗人徐玉诺在我口袋里低吟：“灵魂还不熟识她的肉体。”

保罗·瓦莱里在一篇探讨他祖国诗歌问题的文章中，尖锐地挖苦了那些诗歌评论界的同行们。他对有些问题的深刻洞察，几乎与当代中国诗歌批评的现状如出一辙：

> 那些对诗并不很感兴趣的人，他们既不感到需要诗，大概也不会去创作诗，但不幸的是，其中不少人的职务或命运却是对诗进行评判，在诗的问题上夸夸其谈，刺激或培养对诗的兴趣。总之，就是去施放他们没有的东西。他们往往在这样的事情上投入了全部聪明才智和热

情，其结果却是可怕的。

在“诗”这个优美而审慎的名称下，他们不可避免地被引导或者被迫去考察其他一切问题，唯独不理睬他们自以为关心的问题。他们自己没有料到，以为只要能天真地逃避或回避主要问题，就一切都好。只要不是主要问题，就一切都好。

比方说，他们列举诗人们使用的明显的手法；记录诗人们使用某些词的频率或没有使用某些词，公布诗人们最喜欢的形象，指出一个诗人与另一个的相似之处，或他们相互借用的地方。某些人试图揣测诗人们的内心意图，试图在骗人的透明度之下解读出诗人们作品中的意向和影射。他们乐意去探究人们已经了解（或认为了解）的作者生平，他们表现出的自满却让人清楚地看到他们如何迷失了方向，似乎人们可以从作者的生平中了解其真实的内心活动，似乎优美的表达法以及词语和声音美妙的、总是……天意的配合，是一个人愉快或悲怆的人生经历自然而然的结果。[1]

---

1 ［法］保罗·瓦莱里：《诗歌问题》，《文艺杂谈》，段映红译，百花文艺出版社，2002年版，第242—243页。

“只要不是主要问题，就一切都好。”那么，什么是主要问题？什么是诗歌研究中的主要问题呢？在我周围，这种被瓦莱里指责的批评风气长时间占据着主流位置，并给身居洞穴中的读者们制造了这样一种错觉，以为大多数人从事的工作就是诗歌批评的本来面目，全然不知主要问题为何物。那些衣冠楚楚、底气十足的批评家们，依赖技巧、趣味和惯性来组织立论，使用空洞无物的标题和语调，贩卖时髦而含混的语法和黑话，奉学术生产的标准化为圭臬，相互复制或自我复制，以牺牲个性为代价，企图借此实现他们的宏伟目标——科学——而他们的结论大都如同不举症患者一般软弱无力。这些所谓的诗歌研究者，在低段位的写作逻辑上沾沾自喜，在粗劣、庸俗、廉价的理论诊所里搜刮偏方，在一切次要问题上占山为王，在每一个不攻自破的堡垒前孤芳自赏。在他们眼中，批评的黄金时间似乎指日可待了。

近代以来，自然科学在人类文明史上攻城略地、弹冠相庆，让古老的人文科学心生沮丧，无颜见江东父老。在这个衰落的家族里，诗歌创作和诗歌研究成了这一巨大变革里的重灾区。在诗歌沦为碎语的同时，批评也相继泛滥成纷繁的碎语。除了传统的学院内的批评方式之外，报刊、广播、电视和互联网等媒体都纷纷制造出各种尺寸和口径的碎语，信息的幽灵从头到脚包裹着现代人每一天的生活，让我们成为信息的皮条客，或碎语的私生子。诚如 T.S. 艾略特所描述的那样，批评只不过是一个星期天的公园。尽管艾略特的本意是在嘲讽他所面临的批评现状，但在今天的中国，恐怕连这样的公园也难以找到了。

> 圣马丁广场，你还能记得什么
> 在雨天里我留下了出生和死亡
> 在一个雨天里，成群的鸽子
> 撞进陌生人悒郁的怀里
> （戈麦：《圣马丁广场水中的鸽子》）

> 永远消失了——
> 一个青春期的、初恋的、布满粉刺的广场。
> 一个从未在账单和死亡通知书上
> 出现的广场。
> 一个露出胸膛、挽起衣袖、扎紧腰带

一个双手使劲搓洗的带补丁的广场。

（欧阳江河：《傍晚穿过广场》）

如同欧阳江河一针见血地指出：“为群众写作的时代已经过去了。”在我们身边，即便还能找到这类广场的影子，它也早已改换了容颜，蜕变为逃避批评声音的场所：在美轮美奂的酒店商铺，它变形为巧立名目的庆典、仪式和购物节；在校园里，用于张贴学术讲座和诗歌的海报栏，挤满了花花绿绿的商业广告和招聘信息；在影院剧场，爆米花、可乐和 3D 眼镜帮助我们远离一切持久而深刻的话题；在公园里，花样繁多的休闲娱乐、养生健身取代了公共批评的紧张。独善其身似乎更重要，碎语的余温被成功培育成对人间八卦的激情，带来了人与人之间对话的快感。在某种程度上，中国的大学成为公园的翻版：批评家们被赶进这扇大门之内，短促、微弱、转瞬即逝的批评声音在这里自生自灭；寄生在各自的专业格子里的知识分子们，要么反复练习着思想的太极拳，要么把教室里的学生们培养成乖孩子。有人把更加实惠的东西悄悄地放在他们身边，等待着他们慢慢靠近，慢慢安静。

20 世纪末期兴起的互联网，对公共生活的影响尤为显著，碎语由此找到了它们崭新的栖息地。网上聊天工具、论坛社区、个人博客、手机短信、微信等新生事物，让中国人一度单调、高蹈、空疏的话语形式，再次丰富、亲切、活泼起来。个人言说走向前台，并逐渐实现全息化、立体化和日常化。一些人热衷于更新他们网络账号上的签名档，用个性化的只言片语和表情符号，向那些假想的粉丝们公开每天的遭遇、心情和感受。近年来，随着微博的出现，碎语终于获得了最接近它们本性的合法外貌。在移动网络技术和社交契约的支持下，个人话语得以随时随地在一个虚拟世界里冒泡和流传，享受着听与被听、评论和被评论的权利。在这个开放的舞台上，谁都有可能成为话题的中心，谁都有可能被全体人关注。举凡一个公众事件发生之后，这里都会引起一阵不小的唏嘘和议论，四面八方的碎语随即铺天盖地般向我们涌来。然而，另一个事实却不容忽视：无论一个事件的惊骇程度如何，对它所投去的关注，很快便会被其后更加离谱的事件所取代。乱纷纷你方唱罢我登场，就像后浪吞噬了前浪那样，再耸人听闻的消息也逃不过时间的奔涌和流动。在这个时代里，我们停不下来了。

二

可以处理一切。

一切都被处理过了。

它是一台让人放心的仪器。

（森子：《后现代说明书》）

微博的出现，貌似重新召回了久违的批评声音，然而它却更加暴露了现代人的健忘症。这种回光返照的力量，反而浑然不觉地被用在了加速社会世俗化和幽灵化的进程当中。批评开始将自身的想象力分配在我们身边的常见事物上，也将矛头指向了曾经的神圣事物身上。而这一切对生活事件惊骇的描述和批评，都在人们意识中制造了不小的震撼。仿佛直到读到某条新闻的时刻，我们才与真理相见恨晚，才恍然大悟地得知了这个世界的真相，才如梦初醒般赞叹信息社会的惊人威力。然而，这种震撼和赞叹，也仅仅具有单一的抒情性质，它们不过是给这个“景观社会”（居伊·德波语）制造了更多的震惊和关注的激情罢了，任何人都很难从这种批评中获得真正的行动力。我们也许只是看了一场社会电影，当散场的灯光亮起，我们就该离开座位了，任何在故事情节中不可自拔的观众都是荒诞可笑的，那些听起来十分尖锐的批评声音，在它们假设的受众面前，也不过是一句碎语：它们的铮铮誓言抵不过人性里更强大的东西。

在微博时代，人如同金鱼一样，只保留七秒的记忆，剩下的言行只遵循牛顿第一定律，依靠一种惯性机制的推动。碎语就是一笔沙滩上的涂鸦，一串迅速消失的笑声，或一声旋即风干的叹息。只要不是主要问题，一切都好。这个迟迟没有被揭晓的主要问题，是否也因为人类金鱼般的健忘，而让我们茫然失措、不知所云、东奔西走，甚至呆呆地瞪着一双煞有介事的大眼睛？我们对任何事情都无法拿出持久的耐心，只追求来去匆匆的快感，待激情冷却后就陷入自暴自弃，无法径直、冷静而公正地欣赏事物的美，谴责事物的恶。我们只满足于信息的更迭和轮换。如同观看一段脱衣舞，服装与肉体之间时隐时显的遮挡与诱惑，就足以喂饱我们的眼球，直到它疲惫不堪、麻木不仁，乃至对重要的事失去明智的判断和追问的毅力。碎语记录了人的破碎化过程，它们是从那摩登女郎身上滑落的轻巧衣物，是温柔的刽子手，是化蝶后的残骸：

> 这是你的第一滴血
> 遵循句法转换的原则
> 不再有观众。用主观的肉体
> 与钢铁对抗，或被钢铁推倒
> 一片天空压过头顶
> 广大的伤痛消失
> 世界在你之后继续冷得干净
> （周伦佑：《在刀锋上完成的句法转换》）

在现代性纵横四海、吃拿卡要的今天，碎语哀悼的是破碎化的人格，当人的完整形象被时代的利刃剁碎后，诗歌经历了自身的句法转换，它被时代的烈火焚化为词语的亡灵："看吧，在那镀金的天空中，/飘满了死者弯曲的倒影。"（北岛：《回答》）在多灾多难的20世纪，仿佛一切事物身上都披覆着诗歌的影子，又好像诗歌早已销声匿迹。诗歌曾经可以推动石头，推动钢铁，诗歌可以在漫天大雪中告诉我们一切；而如今它只能推动词语，号召词语的集合、稍息和解散，或者将它们再度劈开，满怀激情地期待着奇迹的发生。“但也许迷人的不是雪 / 也不是思想，而仅仅是 / 词语，确切说是词语的排列。”（张曙光：《四月的一场雪》）

碎语是句法转换的产物。在随即生成的、“冷得干净”的现代性世界里，碎语啄食人们分崩离析的灵魂，成为这个世界敏感的触角。在今天，一切的新闻都疑似一种短命的诗歌，它们在媒体和舌尖上灵光乍现，用流动不息的个性和瞠目结舌的表象，给脆弱而肤浅的现代人带来心灵上的痉挛和癫狂。曾几何时，我们的问候语从“今天过得好吗”，演变为眼下的样子：为了就业、年薪、房子、汽车、健康、情感等具体而现实的话题而愁眉不展。独善其身的事业足以让我们焦头烂额。每当这个时刻，批评的氛围便不请自来，传统的批评信条是“明天会更好”，如今则变成了“现实太糟糕”。现代人的谈话内容和谈话方式，已经埋伏了批判的元音，批评之声已无可避免。这种转变、张力和困境为文学的萌芽提供了更广阔的田野，也让批评重新与作品相遇。尽管这种相遇发生在两者各自的亡命途中，然而，诗歌和批评必须接受它们成为碎语的命运，也必须无所不用其极地让自身得以幸存。碎语成为诗歌和批评在20世纪命中注定的因缘。

齐格蒙特·鲍曼（Zygmunt Bauman）为气势汹汹的现代性取了一个异常生动的名字，叫做“流动的现代性”（Liquid Modernity，或称“液体现代性”）[1]。这个有趣的概念显然是针对它之前的传统社会而厘定的，也就是说，按照鲍曼的猜想，在现代性之前，存在着一个固体时代：它是坚固、沉重而封闭的，它在时间上似乎是静止的，在空间上具有一个持

1　鲍曼指出了“液体”的一些重要性质：“流体轻易地流动着。它们或‘流动’、或‘溢出’、或‘泼洒’、或‘溅落’、或‘倾泻’、或‘渗透’、或‘涌流’、或‘喷射’、或‘滴落’、或‘渗出’、或‘渗流’，千姿百态，不一而足；不像固体，它们的运动不易停止——对前面的障碍物，它们或绕过、或溶解，对静止的物体，它们打开一个缺口，渗透着前进。在遭遇固体时，它们不受损害，而固体在遭遇流体时，如果固体还保持着固体的形态，它们却会发生改变，被浸透并潮湿不堪。流体非凡的流动性，使人把它们和‘轻松’的思想联系在一起。有许多液体，按密度算，要重于固体，尽管如此，但我们往往倾向于将它们直观化，认为它们比任何固体都更轻。我们把‘轻’或‘不重’与流动性和多变性联系在一起：根据实践经验，我们知道，更轻的物体，我们更能够将它移动，并且移动得更快。”然后，他在一系列反问中开始了关于“流动的现代性”的论述：“难道现代性不是一个从起点就已开始的‘液化’（liquefaction）的进程吗？难道‘溶解液体中的固体物’（melting the solids），不一直是它的主要的消遣方式和首要的成就吗？换言之，从现代性的萌芽时期起，难道它不一直是‘流动性的’吗？”参阅［英］齐格蒙特·鲍曼：《流动的现代性》，欧阳景根译，上海三联书店，2002年版，第3—4页。

存的外形。固体时代的精神气质似乎可以在此间诞生的文学艺术作品中得到捕捉，因而在某种意义上，我们不妨把古典时期的诗歌称为一种固体诗歌，他们遵循着特定的秩序和规则，讲求平仄、格律或轻重音，看重稳定、唯美与和谐，中国传统诗词就是它的杰出代表。进入现代以来，社会思想迎来了全球变暖的气象，人类的时空观发生了根本性的逆转，固体时代逐渐熔化。对此，马克思和恩格斯做出了准确的描述："一切固定的东西都烟消云散了，一切神圣的东西都被亵渎了。"[1] 时代与诗歌同时经历着这场句法转换，固体诗歌碎裂、分散为成千上万的细小零件，它们在所难免地接受着液化的仪式，迎接着碎语的降临。

在液体现代性的浸润之下，为了区分于传统语境里的固体诗歌，我斗胆小心翼翼地将现代诗歌称做一种液体诗歌：变动不居的外形、游离涣散的主题、阴沉晦暗的音色，敏感病态的触觉，深入细节的洞察力，处处绽露的"专制性幻想"（胡戈·弗里德里希语），都显现出了它的液态性格。"固体是一次定型，并且一劳永逸。保持流体的形状要求长期予

1 ［德］马克思、恩格斯：《共产党宣言》，《马克思恩格斯选集》（第一卷），人民出版社，1972 年版，第 254 页。

以密切注意，同时保持警惕，并付出持久的努力——甚至这种努力的成功也只是一个太早的结论。”[1]液体诗歌引来了人们更多的操心和忧虑，它在时间上尤其具有意义，本质上的流动性赋予它变幻不定的形状，因而需要密切留意自己的变化，需要时刻“三省吾身”。“一只燕子的飞翔会带来肉体的潮湿。”（柏桦：《山水手记》）从固体向液体的句法转换过程，我们将迎来一个新的状态：恢复人类的湿润性。从“诗”与“湿”相同的发音中，我们可以把自己重新带回万物苏醒的起点，重新调节我们身上的时间旋钮，让生命从涩滞变得润滑：

……事实上，湿也是
万物共同的皮肤。湿重新把
我们生下，作为与万物的连体
儿：最阴险的手术刀也不能
把我们从新世界的身上分离
（西渡：《日常奇迹》）

1 ［英］齐格蒙特·鲍曼：《流动的现代性》，上海三联书店，2002年版，前揭，第12页。

我倾向于把液体诗歌看做一种泛诗歌，在今天，它已经全方位地将我们包围，生成了我们簇新的皮肤，让我们的语言接受一场特殊的诗（湿）化。加斯东·巴什拉提醒我们要注意一个鲜为人知的事实，即：“从器官上讲，人类语言具有液体性，在整体上有流量，在辅音中有水……水呈现在我们面前犹如一个完全的存在：它有躯体，灵魂，声音。水也许胜过其他任何一种本原，它是一种完整的诗的实在。”[1]除了现代性赐予的诸多基本特征之外，液体诗歌最明显的胎记就是显示了批评的底色：批评与创作成了连体儿。艾略特赞赏那种创作本身包含的批评，他说：“一个作家在创作他的作品时，他的劳动的绝大部分或许是批评性质的劳动：筛选、化合、构筑、删除、修改、试验等。这些令人畏惧的艰辛，在同样程度上，既是创造性的，也是批评性的。我甚至坚信，一个有修养的和熟练的作家运用在他自己作品上的批评是最有活力的、最高一类的批评；而且（就像我以前说过的那样）有些创造性的作家高出于其他作家，仅仅因为他们的批评才

---

1 ［法］加斯东·巴什拉：《水与梦——论物质的想象》，顾嘉琛译，岳麓书社，2005 年版，第 17—18 页。

能更为高超。”[1] 若要实现熔批评于创作的泛诗歌写作，固然需要卓越而可贵的能力，作为“贫困时代”（海德格尔语）的20世纪，为这种能力的兴起和普及积攒了足够的内在能量。文明的不满和现实的野蛮，迫使诗歌走下了文学桂冠般的王座，走出了精神的伊甸园；迫使它变形为碎语，俯身面对那些低矮、卑贱、凡俗的事物，在城市的垃圾场和下水道过夜，并进驻这个时代的阴影里，与其保持亲密的竞技状态。在这种动荡而悲壮的形势下，面对“冷得干净”的世界，液体诗歌具备了它的“现实感”（以赛亚·柏林语），在接受破碎指令的同时，也习得了坚韧的生存意志和批判性格。它为自己装备了内心的铠甲和长矛，以便不露声色、其乐无穷地与这个世界做斗争，也与自己做斗争——它犹如一只扑火的飞蛾，或为尊严一刺而必死的蜜蜂，它代表了一闪而过、迅速消失的生命力。

不论是在创作上还是在批评上，液体诗歌的主要表现形式就是碎语。仿照法国神学家阿兰·德利勒拟定的公式，我似乎也可以说：“液体诗歌是一个理念的圆球，其圆心无处不

1 ［英］T.S. 艾略特：《批评的功能》，《艾略特文学论文集》，百花洲文艺出版社，2010 年版，前揭，第 72—73 页。

在而圆周则不在任何地方。”[1]这就是诗歌在今天既清晰又模糊的写照，它纵容了碎语的诞生和刁蛮，也早已布设了它们的末路和来世。在20世纪，诗歌和批评所驰骋的范围将更大，惹来的争议和暴露的问题也将更多：诗歌的总体格调是忧郁的，而批评的声音却是令人忧郁的。威廉·燕卜逊（William Empson）认为，现代诗人面临的一个重要事实是，写诗成了一种低级游戏。当年丁尼生吃完早餐回到书房继续写他的《国王叙事诗》时，全家人都不得不敛声屏息，因为他们知道，所有中产阶级家庭都在等待着他的下文问世。现代诗人已不再享受这一殊荣，他们写诗的努力被看成是一种病态情绪的表达，所以有才能的诗人不得不小心翼翼地对待自己的写作。他们从事写诗，似乎仅仅是为了挽救诗人自己完全健全的神智。[2]词可以推动物的时代已经过去了，诗歌告别了它的固体精神，诗人要想继续他们的写作，就必须要认清诗歌逐渐熔化的事实。他们把忧患和绝望注入写作，把诗人危险的、濒

1 阿兰·德利勒的原话为：“上帝是一个理念的圆球，其圆心无处不在而圆周则不在任何地方。”转引自（阿根廷）博尔赫斯：《帕斯卡圆球》，《博尔赫斯谈艺录》，王永年等译，浙江文艺出版社，2005年版，第82页。

2 参阅［英］威廉·燕卜逊：《朦胧的七种类型》，周邦宪等译，中国美术学院出版社，1996年版，第3页。

临崩溃的灵魂搅拌进诗歌，为此，原本变轻的液体诗歌就需要相应地为自身填补上批评的重量，镌刻上内心的法度。液体诗歌需要点燃它内部的光亮。

在我们生活的时代，熔批评于创作的泛诗歌已经出现了，信息社会提供了它所需要的一切社会和技术条件，并将继续履行自己的使命，开拓自己的道路。反过来，若要实现熔创作于批评，似乎是一个难题，正像艾略特指出的那样，批评是关于它本身以外的某件东西。[1]这种东西在低纬度上表现为作品的美学质地或基础伦理，如上文中瓦莱里揭示出的批评状况，这成为时下人们对批评的通常理解和惯性作风；在高纬度上，这种东西体现为批判姿态或否定原则，除了能力，还需要批评家超前而卓异的判断、见识和胆略，并仰仗更高的形而上学体系。[2]批评的终极使命就是实现这种从低纬度向高纬度的跨越。进入泛诗歌形态的诗歌写作，也必须对这一批评的道德律令保持足够的重视和敬畏，才能形成写作的可

---

1 参阅［英］T.S. 艾略特：《批评的功能》，《艾略特文学论文集》，百花洲文艺出版社，2010 年版，前揭，第 73 页。

2 参阅敬文东：《批评何为》，《灵魂在下边》，河南大学出版社，2009 年版，第 1—4 页。

持续发展。

三

诗歌和批评不约而同地沦为碎语，这一征候似乎为我靠近瓦莱里所谓主要问题点亮了信号灯。就像我突然变黑的舌苔，说明我的身体出了毛病，我需要一剂解药，这解药也必定来自外部。而这个曾经令人们确信无疑的外部世界，也终究挨不过时代降给它的一句咒语。是的，一切坚固的东西都烟消云散了。我生于这样的时代，我读着这个时代里的诗歌，我一出生就病倒了，为了觅得那一剂失传的药方，我率先陷入了碎语的喧嚣与躁动之中：

楼上，窗帘背后
患抑郁症的男子正热烈地
与自己做爱。爱，爱……
他呢喃着，她扭动着。

当她抬起盲目的眼睑，

千亿个碎片撞向彼此。

（马雁：《暴雨将至》）

米歇尔·塞尔在一本名为《万物本原》的小书里断言："背景噪声是形而上学的主要对象，人群的喧嚣与躁动是人类学研究的主要对象。人群所造成的背景噪声是历史研究的主要对象。这些都在语言之前，甚至在言语之前，在噪声之前。"[1] 如果顺着塞尔的逻辑继续补充下去，我们似乎可以这样认为：碎语就像一个即将临盆的新生儿，在还没有正式来到这个世界上之前，它既是永恒而绝对的背景噪声，又是人群的喧嚣与躁动，也是人群所制造的背景噪声，它同时是形而上学、人类学和历史学三位一体的关注对象，在史前阶段为碎语祝祈、化验、量体裁衣，共同迎接它的诞生，它们统统都守候在诗歌到来之前的漫漫长夜里。直到呱呱坠地的碎语为这个世界献上第一声啼哭的时刻，它终于落入了诗歌的怀抱，因为爱，爱……新生儿带着自己独立的意识和湿润的身体，

1 ［法］米歇尔·塞尔：《万物本原》，蔡鸿滨译，北京大学出版社，2012年版，第76页。

来到一个外部世界，一个由更多的背景噪声组成的世界，它将渐渐融入这个世界，成为背景噪声的一部分。

碎语最终成为泛诗学研究的主要对象，它是一场诗（湿）化的渲染。如同液体诗歌（即碎语）收编、溶解、施洗了信息时代各种类型、各个角落的话语那样，泛诗学像一把折扇，将史前阶段的形而上学、人类学和历史学一并收纳进来，成为一门经过重新整合、随时准备展开的现代学科。它面对的第一个问题和主要问题就是背景噪声，不论是来自大自然的深处，还是来自人类的喉咙和心灵。这声音永无止息，始终陪伴着我们，围绕着我们，搅扰着我们，它成为万物共同的皮肤。背景噪声无限地向历史的深景里撤退，它们毫无来由，毫无秩序，也毫无目的，让我们在听觉的宇宙里领教着“一切人对一切人的战争”（霍布斯语）。

人类的首要任务是面对背景噪声，泛诗学的首要任务是处理噪声般的碎语。“噪声就是软件之歌，或者说，噪声之于逻各斯，犹如过去物质之于形式。噪声是信息的基础，是这种形式的物质。”[1]不同于古希腊人提出的世界由四大元素、

---

1 ［法］米歇尔·塞尔：《万物本原》，前揭，第 9 页。

原子或以太构成的观念，一个泛诗歌主义者宁愿相信，是噪声构成了这个世界的基底，呈现为物质世界的繁多性、嘈杂性和流动性，它就是马克思和恩格斯所谓的“震动着的空气层”[1]，它成为人们感受自然、认识世界的基础性框架和介质。诗歌成为这形而上学式的背景噪声的巨大回响，我需要在这无尽的噪声和回响中觅得我的解药。

贾克·阿达利指出：“今天，我们的眼睛已经昏聩，在建立了一个由抽象概念、无稽之谈与沉寂构筑的现在后，已不再能预见未来。现在我们必须学习多用声音、艺术、节庆，少用统计数字，来评断一个社会。倾听噪声，我们才能洞察人类的愚昧并估计它会把我们引向何方，而我们还可能有什么希望。”[2]我们的眼睛有闭上的时刻，而耳朵却一直向着广阔的世界洞开，像在人类头部分立左右的两个 24 小时执勤的哨兵，它们是肉体的先锋队，为捕捉涌向我们的碎语而张网以待。我们借助耳朵来聆听宇宙的背景噪声和液体

1　参阅［德］马克思、恩格斯：《费尔巴哈》，《马克思恩格斯选集》（第一卷），前揭，第 35 页。

2　［法］贾克·阿达利：《噪音——音乐的政治经济学》，宋素凤、翁桂堂译，上海人民出版社，2000 年版，第 1 页。

诗歌奏出的回响，甄别、鉴定它们的来源和品质，分析它们的语调[1]，领教碎语与碎语之间永恒的不谐和冲突，见证那“千亿个碎片撞向彼此”。这场无始无终的喧哗和躁动，将我们遣返到声音的自然状态，它是碎语的原始形式，也帮助我们确立耳朵为身体的鲜明旗帜，噪声的接收天线。作为上半身突出的诗学器官，耳朵将带领我们潜入液体现代性的无物之阵当中，让我们荣膺为听觉的当代英雄：“你钻进到皇帝的梦中，/ 还是我的身子里？ / 在谁的耳膜上哭呢？ / 在哪一片水中游着？ / 小矮人，着红衣，/ 小矮人，念咒语。”（钟鸣：《耳人》）

在耳朵（而非眼睛）的光荣指引下，我们逐渐认识了这

1　敬文东着眼于属人的声音的意识形态性，认为中国文化中的任何管理学（它包括上层文化的制度性管理学和精英知识分子以及下层民众的自我管理学）都是有声的管理学。在制度性管理学与各式各样的自我管理学之间，在两种不同性质的音响形象之间，始终存在着一种对抗关系。在这里，他强调了语调的作用：在声音的所有要素中，语调不仅是管理学的必需品，还是最需要管理学大力推举的要素。因为语调能带来语义和语用上的明显变化，对制度性管理学成功进驻知识分子和下层民众，具有无可比拟的功效。它是制度性管理学的帮凶和助手，为形塑中国历史立下了汗马功劳。参阅敬文东：《牲人盈天下——中国文化的精神分析》，广西师范大学出版社，2011 年版，第 20—23 页。

个扑面而来、光怪陆离的世界，世界的物质性存在被碎语切分、熔化，将那无形的液体幽灵裹挟进文本的乐园。在混沌刺耳的背景噪声中，碎语风驰电掣般传达着逻各斯的古老遗言，但那个遥远的声音听起来已经越发地模糊难辨了。遵照句法转换的原则，碎语把几个世纪以来遭人诟病、阳奉阴违的声音中心主义降解为声音的无政府主义。这种改组，临时性地解放了人们的耳朵，帮助这两只肉做的繁忙器官换上了一身惬意的情侣装。这场声音的变装游戏，让我们不必再亦步亦趋地聆听神、圣人、君主、权威和专家的旨意和言论。耳朵盼来了一个悠闲的暑假，它们有权利相互交谈、猜测甚至争吵——“仿佛倾听本身变成了叙述：在我身上是耳朵在说话”[1]。声音的无政府主义宣布耳朵暂时兼管了舌头的职能：耳朵既是读者，也成了诗人；既享受美妙的音乐，又担当作曲家。现代诗歌即“耳中优语”（钟鸣语），它是一系列假戏真做、愈演愈烈的耳鸣。

1 ［法］罗兰·巴特：《恋人絮语——一个解构主义的文本》，汪耀进、武佩荣译，上海人民出版社，2004 年版，第 248 页。

水流动发出一种声音
树断裂发出一种声音
蛇缠住青蛙发出一种声音
这声音预示着什么?
是准备传达一种情绪呢?
还是表达一种内含的哲理?
(柏桦:《表达》)

仰仗着带薪休假中的耳朵演绎出的自由听觉，这一切碎语和噪声都不再是严肃而简单的一元方程。婴孩稚嫩的娇嗔，情人间缠绵的呢喃，胃肠慵懒的蠕动，夜猫傲慢的嚎叫……它们不再承担陈腐而乏味的宫廷乐师的角色，不必特地为某种意志分泌出它的生硬回声。它们仅仅是液体诗歌奏响的散漫音符，是低级游戏的高级玩家，是无政府主义的密谋者。罗兰·巴特把这种状态称为“絮咿”，他认为:“文的絮咿仅是语言的泡沫而已，受写作之纯粹需要的影响而形成……作者结撰他的文，使用一种乳儿的语言:急不可待，不假思索，发乎天真，啧啧嗒嗒的幽微的奔泻……这是毫无目的的吮吸的姿态，一种尚未分化的口欲的激动，将产生口福之悦与语言之悦这两种口欲掺和了。”[1]现代诗歌的意义越来越取决于它的内部，听命于它内部的那个批评声音，那里存在着一种元诗歌，一种本能的、甜蜜的自恋，它始终包含着一道注视着自身的目光，它永远是形而上学噪声的回声——“一样东西将做成柠檬蛋糕还是巴亚鱼肉汤——只能在做的过程中自行确定”[2]。

在液体诗歌伴随着背景噪声汩汩而出的时代，倾听碎语与制造碎语在此成为了一片树叶的两面。声音的无政府主义让诗歌成为自己的仲裁者，耳朵兼并舌头的做法必然导致口欲的放纵和失调。流动的现代性促成了泛诗学研究的诞生，碎语全面总结了眼前这个时代的特征，但它们却表现出对法度和规律的轻慢，液体诗歌里充满了太多的离心力，这种语言的漫游是危险的，是对噪声的透支和浪费。

今天的人们在接受破碎指令的同时，会充满绝望地问道：这个世界会好吗？诗歌会好吗？在由固体时代向液体时代的句法转换过程中，并非一切碎语都是自我批评的及格产

---

1 ［法］罗兰·巴特：《文之悦》，屠友祥译，上海人民出版社，2002年版，第13页。

2 ［匈］艾斯特哈兹·彼得：《赫拉巴尔之书》，余泽民译，上海人民出版社，2010年版，第114页。

品，低纬度的甚至弱于低纬度的批评显然过剩了。人们手忙脚乱地挣扎在这泛滥的话语潮汐之中，他们被那些膨胀的碎语喂得太饱。作为形而上学噪声的普遍回响，碎语中必然会吐出泡沫、垃圾或毒素，它们也会像人一样眩晕、感冒或消化不良。诗歌的魅力会被这些消极的事物削弱，人也会被他们自己制造出来的东西伤害，造成无可挽回的悲哀。

由于受到热力学第二定律的启发，美国学者杰里米·里夫金（Jeremy Rifkin）和特德·霍华德（Ted Howard）发现了一种新的世界观："它告诉我们每当能量从一种状态转化到另一种状态时，我们会'得到一定的惩罚'。这个惩罚就是我们损失了能在将来用做某种功的一定能量。这就是所谓的熵。"[1] 如果这个结论成立的话，我们试问：在诗歌写作的句法转换发生之后，液体现代性和声音的无政府主义是否也制造了诗学体系里的熵？文本的狂欢和耳朵的自治是否正透支着诗歌未来的养老金？失控的碎语是否正愈来愈贪婪地积聚着写作的负能量？批评是否仅仅满足于在低纬度上进行词语的自渎，而遗忘了来自高纬度的召唤？

---

1 ［美］杰里米·里夫金、特德·霍华德：《熵：一种新的世界观》，吕明、袁舟译，上海译文出版社，1987 年版，第 29 页。

熵就是伤吗？它的阴影在现代性的广阔噪声中威胁着我们，碎语既是句法转换的产物，也是这种转换带给我们的惩罚。碎语还在引导着人类的灵魂不断地分裂，在这个低级游戏中，不断分裂的碎语只是对分裂本身的哀叹，是液体诗歌的顾影自怜。它们只是噪声，而不是歌唱。

歌唱是献给美好事物的美好行动，献给人与这种事物的积极关系。歌唱固然拨动的是人的灵魂，但它首先作用于人的肉体。博尔赫斯讲得好："苹果的滋味系于腭与水果的接触，而不由水果自身而定；与此相似（我要说）诗歌系于诗与读者的相会，而不是由印在一本书的书页中符号的行数而定。其实质是……战栗，那种几乎是伴随每次阅读时肉体的感动。"[1] 人在本义上就是歌唱与肉体相结合的海参，歌声一旦响起，肉体就战栗，这是天籁带给人的善意而美好的馈赠，也是诗歌的原初功能。这个世界会好吗？诗歌会好吗？如果歌唱犹在，"我相信世界是一天一天往好里去的"[2]。当危机

1　转引自［爱尔兰］西默斯·希尼：《诗歌的纠正》，《希尼诗文集》，吴德安等译，作家出版社，2001 年版，第 284 页。

2　语出梁漱溟对其父梁济问题的回答。参阅［美］艾恺：《最后的儒家——梁漱溟与中国现代化的两难》，王宗昱、冀建中译，江苏人民出版社，1996 年版，第 60 页。

袭来，辛波斯卡诗中的海参被自己切开后，歌唱也随即隐遁了，歌声堕落为碎语，与徒留下来的苍白肉体保持着若即若离的消极关系。碎语成为现代诗歌的主要征象，也成为泛诗学研究的重要课题。

“我来到一阵风的尽头 / 那里在不断证实：事物本身就是歌”。（臧棣《歌》）据闻一多考证，中国诗歌自《诗经》开始，实现了诗与歌的合流，在此之前，两者各自颠簸在不同的道路上。[1] 在经受现代性的句法转换之后，碎语的诞生似乎意味着诗与歌的再次分道扬镳：诗（它呈现出液体诗歌的形态）不断发出中魔般的调子，它在绝望中自渎和自戕，以破碎的面目，时而回应着形而上学的背景噪声，时而喷吐出语言的泡沫。它已失去了歌唱的本领，遗落了这剂祖传的、疗心的药方——这正是我想方设法去呼唤和寻找的。如何重新让诗变成歌，这似乎就成了当前诗歌研究中的主要问题，也是我们实现批评行动从低纬度向高纬度跨越的一个重要枢纽。针对这个话题，当代诗人张枣在他的课堂上讲出的一段碎语，成为我再出发的理由，尽管它也不免成为一串迅速消失的笑声：

---

1 参阅闻一多：《歌与诗》，《神话与诗》，上海人民出版社，2006 年版，第 155—156 页。

每个小事物里都沉睡着一支歌，一旦你正确地说出它们的名字，它们就唱起了那支歌。比如说任何一样东西，像笔、水壶、书这些实实在在的东西，我们称之为物。可如果它们出现在文本中时，比如我说“我的书本在飞翔”，这时“书”这个物就变成了我的一个词，它的真实的实在，就变成了一个文本的实在，而一个文本就是一支歌。难道一个文本不是一支歌吗？（笑）[1]

2012年7月

北京法华寺

1　张枣：《〈野草〉讲义》，《张枣随笔选》，颜炼军编选，人民文学出版社，2012年版，第126—127页。

下辑

古典摔跤手的胜利

一

本文不打算个别地谈论甜河的诗，而尝试做出总体性决断。这就意味着，读者将听不到戴白手套的铁道工人在诗行中的零敲碎打，甚至也调低了有如电视评论员那般擅长煽风点火的嗓门。本文想用简洁的逻辑对甜河的写作做出预断，如果碰巧存在一种适宜的批评语言，可以佑护这种见地不被声嘶力竭的时代混响所吞没，那将是再理想不过的事。

甜河的诗能否经得起这种试验？还不得而知。为什么是甜河？一个二十几岁的青年诗人，究竟有多少让人惊讶之处？她的诗，只就发表出来的部分看，还不算多，但大都按照一种难以复制的体式幸存了下来。不但别人不易模仿，她自己也很难换汤不换药地炮制下一首诗。这已经是一场尚未出兵的小胜仗。她的写作较为优雅地诠释了诗歌的一次性法则，并且，还应该把难度和马力持续加大。尽管鲜有会意者，我仍宁愿把这笔业绩归功于当代诗渐烧渐旺的薪火、日益发达但仍欠自由的读写环境，以及诗人们几近破碎却深度依赖的神经，体质和经验（最要紧的，是他们善于变化的心），而不是像更多的同类文章那样，隆重地夸大写作者的天赋和技艺、称赞她的勤奋和锐气，或用世故的腔调送去殷殷的关切，让展望后面带出一个美好的未来：

上帝啊，我是多么小。

（甜河：《散步》）

甜河的诗有种睡不醒的迷弱，因其弱，所以有了严格的呵护。这让人想起电影《乡愁》中，一只沧桑苦难的手掌遮挡着一朵在风中缓行的火苗。甜河可能过于早熟地领受了自己同代诗人的运命，骆一禾在《生为弱者》中预言了这种处境："旷观被外力所压碎。"不错，甜河的写作肇始于大历史观被碾压后的荒凉和困厄，这几乎成为当下青年诗人写作中的一种无意识。他们精神涂鸦的背景越来越模糊，似乎依旧被外力驱使，漫不经心地呻吟几句让人听不懂的话。在朽坏凋零的世界残象面前，这副气息带有无可估量的倔强品格，他们为这加剧溃散的文明星夜赶制着一批黏稠的词。在西蒙娜·薇依的天平上，一个小姑娘的固执胜过一百头公牛。甜河站在一端，朝着一个酷似上帝的听者低语。她多么小，但自称古典摔跤手；她吐出的每一个词都飘浮起来，诗人的心不想占用土地。尽管认识到自己弱不禁风的历史命运，诗歌什么都不能做（它只可能承受自身的内爆），但诗人已熟习那种迅速驻扎肉身却挥之不去的疲倦感。这况味浑圆、静置、向内交织于浓密的时空，又抵抗着粗暴的外力，恰似她描绘一只柚子："剖开表皮，/这微微发涩的蜜/渗进肉里。"（甜河：《柚子》）这些不愿占有土地的词，在内爆中失踪，主动承担了第二次碾压，在那片黏稠的边际，只手建造一座空中花园：

有一种单薄、纤弱的美，
那么普通，那么危险。
（甜河：《黑暗山坡爱好者——致C》

单薄，纤弱，普通，危险。安全熟络的专家批评和婆婆妈妈的细读批评应该被各赐一纸封条。面对这位静默的青年诗人，我们不该不假思索地讲道：她是女的，她的写作就该理所应当地具有何种阴性品质；或者，她是学美学的，就该众望所归地把诗写得体面漂亮；再或者，她的颜值与智商俱佳，又在最好的年龄与另一位年轻有为的青年诗人成为眷侣，我们就该臆测有种多么诗情画意的生活像糖衣一样包裹着她，让她成为一架乖巧的好诗机器，成为中国版的勃朗宁夫人，让她在自己的文字里发甜。停一停吧，我们要杜绝诗人与作品之间一切温情脉脉的不良幻想，适可而止地斩断它对批评精神的倾轧和掳掠。我们转而应当俯身其间，去发现那些普遍、持久而幽深的细节，向它们求取启示。借由它，我们得以在当代青年诗人身上摸到那根沉潜的历史脊骨，它占卜着这代人的空心和宿疾。曼德尔施塔姆说，脊骨断裂了，在这完美而不幸的世纪，枪炮与玫瑰次第开放，我们需要一块石头胜过一片土地。

二

甜河写的是诗吗？当然，因为这些作品在表达上显出比散文更高的优异性。这个问题，反倒要好好问问那些善于把三流散文进行职业性分行的“优秀诗人们”，并相互嘉奖、加冕，他们真不该出卖诗的最后一丝贞洁。甜河的诗里写了什么？噢，题材和情绪都氤氲多变，似乎没有什么不能写，只取决于她高不高兴写。但无论写什么，哪怕写她的山穷水尽，写她的枯燥日常，也不再是个问题。甜河为什么要这样写？她诗歌写作的精神根源和孕成环境如何？这似乎是我们亟待回答的，也是理解当下写作新势之机枢。

但凡涉猎过20世纪欧美现代文论的读者，差不多都接受了索绪尔在文学研究中有意无意造成的“语言学转向”，普遍承认文学创作过程实际暗藏着一个语言装配车间，词语成了某种可供生产、分类、选择、组装、供应、改造和销毁的“物”，忙不迭地忘却它们的前半生，奔赴各自的远大前程。诗人顶多算个生产线上的调度员兼装配工，他们要按规程作业。在这个看似客观中立的空间里，受命于某种权力意志，除了分清语言的“能指”和“所指”，我们在使用语言进行表情达意和文学创作时，还需服膺句段轴和联想轴（以下称索绪尔双轴）的综合作用（同时形成转喻和隐喻的修辞法）。酷似语言装配车间的左膀右臂，它们直接参与到一个具体的文学作品的制作过程：词语原材料经过联想轴的择取，在句段轴上组合成句子，并合法地出现在一部作品的适当位置。

从最低的意义上说，任何一个句子、一首诗、一篇小说，大体都是经由索绪尔双轴的亲密合作而不断炮制出来的。在特定的历史时期，句段轴和联想轴各自的工作原理，将会受到意识形态力量的指引和介入，从而制造出符合时代正确性的语言产品。据说，在20世纪40年代，《晋察冀日报》的记者积极响应党的号召，为了把报纸办得通俗易懂，配合宣传，让最广大的人民群众都能阅读，力求在“三千字里做文章”。在艰苦的工作环境中，报社尽量使用最少的铅字排印，用最常用的汉字编写新闻稿。这就是意识形态对索绪尔双轴产生影响的一个真实例子。

诗歌的生产莫不如此。无孔不入的意识形态内容与语言的装配机制之间的作用与反作用，在不同时代或持不同写作观念的诗人那里，会产生不同的效果，也同时让我们读到面目迥异的诗歌作品。甜河的写作生涯虽然不长，甚至还没来得及形成成熟的诗学观念，但她毫不例外地被曝光在当代新诗史光怪陆离的舞台上，哪怕以最纤弱的姿态，铭刻下最坚硬的形象。与诗歌前辈艾青、卞之琳意合情投，甜河也写过一首同名诗作《鱼化石》。从它的腰身和长相上来看，这块最晚形成的“鱼化石”，与卞之琳笔下那块有着几分神似，却比那经典之作拥有更多的层峦、皱褶和裂纹，透出更多隐忍、不安和决绝，也牵出更多追问。更重要的是，与前辈诗人相比，甜河诗歌中所呈现出的对语言本体的理解，已经发生了根本性的变化；或者说，在人与诗的关系上，甜河的实践已经为此增添了些许革新意味。在意识形态主题和语言学装配机制的双重制约下，诗人开始艰难地探索新的转化之路。下面，本文将分别对艾青、卞之琳和甜河创作的三首《鱼化石》进行必要的分析，借以描述这种变化和革新。

三

艾青的《鱼化石》写于 1978 年，属于“归来的歌”中的一支，延续了他在 20 世纪三四十年代自由抒情的调子，读者一定对这样充满时代烙印的诗句记忆犹新：

凝视着一片化石，
傻瓜也得到教训：
离开了运动，
就没有生命。
活着就要斗争，
在斗争中前进，
…………

在艾青《鱼化石》中，索绪尔双轴接受了时代意识形态的坚强支配，紧握词与物特定的关系，将“鱼化石”上升为一个庞大的象征，来突出那个同样庞大的主题思想（“活着就要斗争”云云）。主题思想一旦被表达出来，就等于登上高地，象征物（“鱼化石”）便可以像梯子一样，被遗弃了。艾青这首诗抓住了“鱼”死亡的悲剧性，而忽略了“鱼化石”诞生的合理性；肯定了“鱼化石”的象征含义，忽视甚至否定了“鱼化石”本身的存在意义。“鱼化石”的存在，其唯一用途，是为了承载“活着就要斗争”这一主题思想，否则，它就没有价值。诗人对“鱼化石”的态度，也可以理解为他对诗的一般态度：与传统的“文以载道”观念相似，诗的价值也自然要体现在它所承担的精神含义和所服务的对象上。或者说，一首诗是否有价值，要看它在意识形态的时代阵仗中扮演了何种鼓动性角色，以及是否发挥了良好的宣传功能。这种诗歌观念将直接体现在索绪尔双轴怎样各自完成使命与通力合作上，并大势所趋地形成既定的组合样式和生硬的话语定式。这套语言学机制遵从宣传至上原则，因而成为传播和落实意识形态内容的有效工具。这是一个线性过程，在一种特定的权力意志的指引下，语言充当了直接的桥梁和通道，将特定的思想引入肉身，奠定为诗歌的独断性语气。这种语气在绝大部分汉语新诗中普遍存在，并奉为正宗。

卞之琳版《鱼化石》创作于20世纪30年代，它的标题里有个括号，里面写着“一条鱼或一个女子说”，暗示了一种含蓄的对话性口吻，全无独断性语气的直白。全诗只有四句，却让读者心旌荡漾、百般回味：

我要有你的怀抱的形状，
我往往溶于水的线条。
你真像镜子一样的爱我呢，
你我都远了乃有了鱼化石。

在卞诗中，载道成分被弱化甚至荡尽，形成冷静智慧的言志风格。“鱼化石”仍作象征之用，但最大限度地与时代意识形态的命名权和阐释权绝缘。“鱼化石”并不承担宏大而严整的思想命题和革命语义，它降低了音量和浓度，变得与个体的人（我、你）持平，达成相互的交流和变形。经过比较，我们发现，艾青的《鱼化石》中没有个体，只有总体的物质存灭和历史发展规律，只有空洞直白的说理，而在卞之琳的《鱼化石》中，个人得到了保护，个体的生命感应和情感交流呈现出较为高级的形式：“你我都远了乃有了鱼化石。”在这里，“鱼化石”并未与宏大命题捆绑在一起，而是焕发出与它的体量相称的精神形象，成为一件经受住时间考验的艺术品，出现在读者面前。在它身上，凝结着“我”与“你”（恋人或朋友）之间某种隐秘的、难以用语言表达的情感。当肉身不存、语言失灵的时候，“鱼化石”成了恰切的象征物或寄托物。

与艾青的否定性视线刚好相反，卞之琳对“鱼化石”的审美立场是肯定性的，正因为词转入晦暗，物才重新显现。透过卞之琳的《鱼化石》，我们推测出另一种诗观，它似乎一直在隐形基因的渠道内得到传播：诗并不必须要突出某个特定主题，从而贬抑和遗忘自身。合理的办法是，要让诗歌回到家园，成为诗歌本身。诗中有一面“镜子”，不但照见了“我”和“你”，也照见了诗歌自己。所谓的对话性，不但在“我”与“你”之间开展，还在诗歌自身的内部闪烁。诗歌不一定要表达什么固定的思想，它应该保留自言自语的权利。让它像“鱼化石”那样，适时诞生在一个受欢迎的位置，用艺术的方式来解决词与物的矛盾，成为“我”与“你”、时间与空间、自然与历史、见证与遗忘之间的连接点。在卞之琳的诗中，索绪尔双轴依旧演绎着语言生产的常规性动作，但它们效劳的目标已从思想宣传切换为对诗意的营造，对语言自身潜力的探寻。语言也能最终形成一块自己的化石吗？索绪尔双轴间的合作依照诗性至上原则，用对话的温柔和虔敬驯化了宣传的直接和粗暴，两轴之间画出了“水的线条”，终止在一片古典的静穆之中。诗是语言的精华，语言是存在之家，双轴间的合作最终在古典式的、黄金分割般的和谐和优美中定格。

四

甜河的《鱼化石》沿着对话性的线条继续滑翔，禁绝了说教，一开始就进入有关生死问题的戏剧性对白，甚至用这断断续续的对话来取代诗歌叙述本身，形成新的书写，“如同一对旧友，/隔着生死对答”。我们据此推测，诗中并非只有一种声音，而是存在两种、三种甚至多种声音，在彼此争辩或自辩。其中，我们如此清晰地听到了这样一段献给死神的投名状：

我已透支我的生命
把牛奶洒到石头上，
观看一扇门漂流过海；
我，就是那个携雷霆而来的人。
为了早点见您。

这难道仍是“一条鱼”或“一个女子”的倾诉吗？有点像，

但又仿佛是一个完全在读者意料之外的陌生人在说话，犹如火焰与暴雨的对谈，一次噼啪，一次倾盆。他/她的故事不得而知，但似乎也多少跟“鱼化石”有关。这莫非是一块带有魔法的石头，编织着不曾有过的传说？但唯一可以确定的是，他/她在跟死神说话，并且神情自若地谈论着自己的死亡（还产生了回音：“上帝啊，我是多么小。”）。在同一间汉语新诗的装配车间里，艾青九死一生，但在诗中何其单调草率地处理了死亡，又求生若渴地宣谕着“太阳”和“土地”的伟大教义；卞之琳学会了间接地谈论死亡，并意识到诗歌对他的致命意义，但依旧止步于古典而静息的团圆；甜河涉世未深，但在柔弱中唤醒了雷霆滚滚的丈夫气，她勇武百倍地用死亡来灌注自己的语言，用“透支”的方式坦陈了写诗的危险，用“牛奶洒在石头上”的禁忌来逾越边界，用尤利西斯般漂洋过海的意志，让整首诗机警地搁置在彼此辨认、回忆和对答的动作本身，并为写作获取了荣耀。诗人并不想从“鱼化石”中听到伟大而陈旧的道理，它像“暴雨迟迟不肯落下”；她也不想频频坐忘，酝酿为争执后的安详，它被诗人“埋藏在海底”。她从“鱼化石”中“透支”出烈火的冷冽羞怯和暴雨将至未至前的惊惧不安，从致密的笃定言说中预见了充满断裂和不连贯的中性言说。她在中性原则中写作，她踏薄冰如大地。

布朗肖精确地定义了这种全新的言说形式："在那里，一个人不仅能够以一种间歇的方式表达自己，而且能够把一种言语赋予间歇本身。这种非统一的言语不再满足于做一条通道或一座桥梁；作为一种并不独断言说的言语，它能够横跨被深渊分开的两岸，但它既不填满深渊，也不把两岸重新统一：一种不指涉统一的言语。"（布朗肖：《无尽的对话》）本文不敢保证，甜河的语言已经具备了这种绝对而卓越的品质，但至少在她审慎、自觉和从容的写作中，有那么一些时刻，隐隐露出一点这样的端倪。索绪尔双轴被艾青动情地拉伸、负重和驾驭过，也被卞之琳礼貌地松绑、按摩和治疗过，到了更年轻一代的甜河手中，因为过于柔弱，它们像哑铃一样被原地放下。由于被时代重重碾压，人和词语都失去最后一点厚度，这套语言学机制将像"鱼化石"一样被"透支"、熨平、重新命名。句段轴和联想轴长期培植出的独断言说与和谐公式将被甜河果断抛弃。她的诗，有机会从反向发现一个非平面。在那里，诗人以向死而在的危险姿态去开采空白和断裂中的无限潜能和无限维度。

在这个陌生的潜能和维度里，诗人的心暂居于一块滚石，不想占用老旧的土地。在某几个时刻，甜河的诗仿佛带我们逃离惯常的欧式平面，纵身跨向了一个陌异的黎曼曲面（多么新奇，没人用词语触碰过它），这恐怕就是甜河用珍贵的诗歌语言兴建起的空中花园。花朵还是一样的花朵，砖瓦还是一样的砖瓦，但它们的精神向度却为之一变。这个古典摔跤手胜利了，她重新发明了古典，将死亡驯化成牛奶。她可以元气十足地走进现代，一片危机重重的垃圾场。在索绪尔双轴之间的无限缝隙里，诗人将顺着流水般梦幻绵长的轴线去感受，去写作。诗歌像它首次诞生时那样，沐浴在毫不刺眼的光芒中，沉浸在中性的等待和悬置中，开口轻唤着久别重逢的朋友和恋人，发启了无穷无尽的对谈。

在银河系，会有一颗乳白的星
吸引另一颗星。
（甜河：《鱼化石》）

2017 年 8 月
北京像素

寒冷的时刻

在寒冷的时刻，我能做些什么？初冬的北京，我坐在冰凉的室内，从早到晚，除了贴紧那些让我忘记寒冷的文字，又有谁值得我去拥抱？今晚，我翻开了一本薄薄的诗集，作者是江汀，一位略小我几岁的诗人。但写作时的他，却流露出一位成熟艺匠的持重风格，沉稳的慢动作，洁净的细活儿。这一切，让我肤浅的激情顿然消歇。我决定拥抱一下寒冷，它为我带来一次知觉上的停顿，一场悄至的骤雨。骨缝间的竹林，吹来簌簌的风。

诗集的名字叫做《寒冷的时刻》，也是江汀一首诗的标题。他的另一本诗集《来自邻人的光》几乎在同时来到我手上。去年冬天，我读过江汀的第一本非正式出版的小集，唤作《明亮的字码盘》，“副本制作”为它降下一场世纪的快雪，书体通透地白，让那些稀疏、羞赧的黑色字迹显得格外动人，像一小堆等待投入火炉的炭块。但我并没有马上喜欢上那些诗句，它们还没来得及修正我的口味。

多年来，在我眼中晃动着的，是那些锦绣光鲜的凶猛动物，她们在另一些诗行中频频走动，像迎面而来的姑娘，亮出诱人的腮红和光滑的小腿。我几乎从未留意过那些不走动的女子，一群低声部的素衣天使。她们中的任何一个，坐在城市一角，被灰尘覆盖，词语在她口中显得尤为珍贵。作为两千万分之一，她左顾右盼地从江汀的诗中走出来，被这个时代的介词固定，挣扎着想要逃脱。她劳碌的双手还是冰的，脸上抹了点炭灰，目光穿透许多坚硬的事物，穿透我，停靠在桥与门的边缘。

江汀的诗从霜降中凯旋，那些欢腾炽烈的细菌似乎一下子被清扫掉了，换来的是另一片不洁的剧场。那里供养着一小撮干净的细菌，它们在发酵，构想着带咸味的面包，上帝在那儿雪藏了热量。江汀在诗中风尘仆仆，在户内安静地坐下。我时常会听到从黯淡的角落传来一阵搅拌声，蒸馏出全新的节律。那曲子不再怆然涕下，也绕开了悠远意境，它似乎只关心事物冷却的过程，由沸腾到零度的折线，时间与空间，勾画着一颗心的经验。那些歌喉平淡的丑姑娘，掌握着我们命运的玄机，跟那位口含冰块的诗人一样，从一枚碎瓷片中，仔细观察着自然如何在回收他的同时代人。

从一个人，成长为一个诗人；
又从一个诗人，成长为一个人。
（江汀：《自述》）

在过往的阅读史上，一个被挑选出来的诗人形象，撑起我百分之九十八的轻狂视野，我深信这个名字就是人类的尖端，是昂起的头颅。从他们身上，我必须要看到盗火的普罗米修斯、受难的耶稣、飘发仗剑的太白、残破茅屋旁的杜甫……诗人的形象是摆置出来的，他就在我额头上方的不远处，一个半空，接受我的仰望和赞美。我着迷于诗人为时代提供的一连串优质动作，用戈麦在《誓言》中的一句诗来说，“仅仅一次，就可以干得异常完美”。

正因为对诗人的执念，让我丢失了对人的迷信。我忘了，诗人应当退回到人群中间，要像烧红的铁浸入冷水池中，随着一声阮籍般的长啸，寒冷的时刻来临了，它为了迅速消失而拖长了尾音。从诗人身上认出人的模样，才是立地成佛的时刻，也是寒冷的时刻。我就在那尾音中瑟瑟发抖。一个诗人越不为人注意，才越能一丝不苟地保持自己对时代的注意。诗人，一颗水晶，要返回到人类的大海中去。就这样，我眨了一下眼，面前的诗人了无影踪，尖端解散了，世界敞开了它的粗布麻衣。那将是“永恒”。诗人江汀正在试穿它的衣服，而我依旧在寒冷的时刻赤裸着身体。

初识江汀，是在李浩的办公室里。那是北京鼓楼附近的一座闹中取静的小楼，我第一次走进位于四层的中国诗歌学会，当时还在那儿工作的李浩，经常会在此处呼朋唤友。我到了没一会儿，江汀也进来了，格子衬衫，举止斯文，带了一本送给李浩的书。他言语很少，音色里夹杂点涩滞的沉吟，直觉告诉我，他的诗一定不坏。李浩介绍说，除了写诗，江汀的职业是编辑，哦，书籍的守夜人。后来在同样的地方，我又认识了昆鸟、张杭等青年诗人。大家各自在北京忙于生计，忙于走路，在灰霾里披星戴月，赶末班地铁，但写诗是一直不能忘的。他们让我瞥见了诗人碎影背后那幅人的肖像。

在有限的几次聚会中，我从这些优秀的青年诗人身上收获了许多甜朗的果子，我们相互赠送了长期享用的豆瓣，我为他们暗自喝彩，他们打发了我的孤独。简单的酒席间，江汀的脸很快红起来，酒馆里灌满喧声，我却问他写诗的缘起，他脱口而出：母校的图书馆，里尔克。那是我第一次体验寒冷的时刻，它温暖了我的寒冷，让我认出自己体内相似的温度。寒冷是暖的，它被另一处寒冷焐热了。不久后，大家八仙过海般成了北京青年诗会的发起人，在各自工作的空隙，通力合作，组织了几次还算满意的主题活动。

寒冷的时刻催人进取。从每一个从事写作的人身上，我辨认出这个时代的寒冷，并发誓要对那些面目游移的寒冷展开研究，跟它做对手，也做朋友。与我同时代的诗人，像收集碎片那样，收集每一副肉身上的寒冷，如捡拾被收割机遗落在道旁的麦子。我们相信，寒冷的时刻会绽放出缝隙的玫瑰，把无限的寒冷聚集在一起，将是整个时代的奇迹。那是火，却转瞬即逝；那是冰，却被他们捧起；那是寒冷的新高度，鲁迅先于我们发现了那只怪物，“火的冰”。我们每个人都在试穿它的衣服，有多少人能够忍住阵阵“肉疼”（借用诗人秦失的一个词），理解肃杀的荒芜，愿意定居在那里，而不再彷徨于无地？倘若如此，那里便是“永恒”了。

诗人的词语，是对世界的寒暄。彼此寒暄的人，将成为这个世界的君子，守着越来越艰难的天职。不过还好，我们尚能写作。寒暄是个温暖的词。在寒冷的写作时刻，江汀早已抛弃了诸多漂亮的修辞，风骚的思想，怪诞的形式。他要从对现代生活的不安中撤离，重新坐回到一面真实的镜子跟前。看着透明的自己，和他身后那座透明的“彼得堡”。它同时也反射着故乡、青岛、上海和北京，以及更多他曾游历和未游历的城市和乡村。他要对着那面镜子说，我认出了你，但要等到最后才会说出。江汀拖长了尾音，叩响了体内的荒寒。在他写下的句子里，装着一个身手敏捷的快递员，他递来生活的消息和迷路的春天，然后转身飞逝，留出必要的沉默，剩余的时间。像在说，写到这里要分行了，如天地四季，我和你，一次离别。这就是江汀的诗，仅仅一次，就可以干得异常完美。

一个人一生中会经历数不清的温暖时日。肉体的欢畅，湖畔微拂的垂柳，她越来越遥远的微笑，我都渐渐忘记了。但寒冷的时刻，我一直记得。那是同时代人彼此打量的时刻，人人都成了神话中的美杜莎，我们彼此成了对方的石头，成了封冻了唇舌和泪腺的盐柱。我们彼此分行了。正当我想对江汀的诗说点什么的时候，我便立即置身于寒冷的时刻，成了江汀词语中的一块石头，成了他的下一行。若在往常，我会为这篇并未成形的评论取一个还算动听的名字，但直到读了江汀的诗，我还决定不了。我宁愿直接用上江汀这首诗歌的标题。它也许与我想说的有关，也许并没有什么特别的联系。这么做，只是想告诉自己，我真正能写出的东西很少，它并不能轻易翻过一首诗的围墙。对一首诗的评价，总会在那首诗面前低下头来，成为它的石头，接受它的寒暄。我只能踩在一条荒芜的边境线上，翘首张望，等待着从远方驶来的旧船：

让世上的话语全变成绿色，
让活着的人们去理解这一切。
在这片沉着之中，我承认
我在很多年前已预感了今天。
（江汀：《绿色的诗》）

在一遍遍的嘘寒问暖中，我接受了江汀诗歌带给我的全部教育。并暗下决心，在今后自己的文字中，尽量少地倚重冰冷的理论，但这并不代表我从此跟它们说拜拜，而是要告诉自己，要沿着那条人人共享的体温线去写作，同时还要尽量少些罗织技术性语言。不过这也并不意味着从此忽视一个诗人的技艺问题，相反，我更要对此严酷审查。寒冷的时刻，提供了这场认知革命的起点和尺度。

我会褒奖那些艰苦的言说努力，更会由衷赞叹那串举重若轻的词语呼吸：你脑中布满愁云，额头上已冒出皱纹，你的话语和衣着极其俭朴。但你在寒冷时刻呵出的热气，在后来某个早晨，不偏不倚地击中了我，融化了我，疏通了我观念的血栓，驱散了我对诗意的偏见。它让我的血液变成绿色，把每一句诗都读成一颗有经历的果实，等待与大地分行。寒冷的时刻，墙角数枝梅，此时此地，正适于修炼词语的品格。它关怀着一个诗人劳作的坚毅，取暖的快慰，开口的尊严。如果诗歌与世界不得不做一次殊死较量，寒冷的时刻将会见证，一个尽责的诗人对“永恒”的惦念，在他活过、爱过、死过的一生里，那是天然正确的部分。

2015 年 11 月 9 日

北京科学城

文心雕云

李浩是一位雕云者。不是“雕龙”，如刘勰；不是“雕虫”，如卞之琳；而是雕云，是对眼前变幻莫测的物事喊一声：“定。”不是浮士德的“停一停吧”，不是俄耳甫斯的动情转身，也不是辛弃疾的“蓦然回首”，而是在词语中不变的仰视和顾盼。这个朝上的姿势，让李浩幸免于写作颈椎病的折磨，使他不被羁繁俗务过分牵引大脑和时间，不必像他在北京鼓楼朝九晚九、公私一体的日常生活。但他也不得不在一座破旧的诗歌柜台前久坐，躬身清点着南北的流水和泥沙，并努力将两者分离、提纯，过滤出一杯澄明的饮料。此刻，他会向四方的友人大喊一声：“喝。”追随着挥发出的酒神和天使，李浩倾倒出手中的热血和宇宙，在流云卷舒有致的带领下，写作谋求一种向高处的逃遁：

　　大地上轰隆隆的马蹄，

是那云中的盛宴。

（李浩：《万灵节》）

雕云者，李浩也。何谓雕云？云可雕乎？当雕刻家面对一块花岗岩陷入沉思之际，李浩已在他打磨了三十年的身体里收集到足够多的乌云。每当他在文字中昂首阔步、挥斥方遒，随即也传来一串异常专注、铿锵有力的凿刻声，叮叮当当，清脆悦耳，连绵不绝。云，是象与辞的过渡，是意与言的间奏，它忽而在胸中，忽而在天边，无穷变形，扑朔迷离。诗人的创造意志，读者的期待视野，世界的沧海桑田，符号的秩序幻觉，在可见与不可见之间，统统汇成云中的秘密。雕云，开采这必争的中原里蓬勃的矿脉，揭取那混沌的谜团里发皱的封印，对时空的赋格，对生死的完形……创造者在写作中开始着手诸多神圣的事业。

雕云，是李浩过去生命里未竟而延宕的工作，伴着他体内轰隆隆的马蹄声，这项劳动已经帮助诗人修炼出一份铁打的心境，他手中的刻刀率先削去了自身的棱角和枝蔓，清理了一个写作者赖以生存的呼吸系统和循环系统，在语言中扫除了小情小调和无痛呻吟，也彻底免疫了诗歌中的偏执狂和妄想症。李浩的写作在平心静气中经受着一套自然的工艺："这来自各处的力，相互作用在诗人身上，最终促使了一朵花的完整盛开。"（李浩：《风暴·自序》）雕云是对自我的拷掘。在这个漫长的过程里，李浩，一位出生于20世纪80年代的青年诗人，"那个个人"，在人间的荒凉和孤独中回应着一场超拔运动的节奏。他的手臂不知不觉地抬高，手指像钢琴家一样蓦然舒展，关节和骨缝里虎虎生风。一双复活的手，伸进了周身凝固的空气，伸进诗人体内凋敝的故乡，伸进来临中的绝尘的信仰。指挥？演奏？造型？指引？唯见诗人的手掌之上已站着一位卡桑德拉，她唤来一把刻刀，谱一段空白练习曲：

……那些以游牧为生的
公民，居无定所的族类，于空中的姿势
多么像暴雨前密布的乌云——巨大的力。
（李浩：《山中行》）

打开诗集《风暴》，身旁的景物全都迅速退去了，我像一个走钢丝的艺人，全神贯注地走在一把刻刀的锋刃上，化词为物的咒语也在这里一道被开启，生活的蹉跎被雕刻的快意所替换。我恍惚置身山雨欲来的阁楼，小天窗掩不住快疾的东风，荫翳密布，满纸烟云扑面，一场阅读的紧张锁紧汉语的庭院，半空飘忽的衣衫等待救援。“空中的闪电，吹灭了所有的星辰 / 这夜空，像一张正在受审的脸。”（李浩：《晚晴》）《晚晴》这本收录作者八年来（2005—2013 年）创作成果的集子，在我手边摊开着，我注视着它，仿佛有一座偌大的雕塑公园从纸上跃起，其间陈列着云的各种状貌，作为李浩诗歌的翼翅和旁白，它们将大地上无数急切的仰望者尽收眼底，预报着风暴的到来：

> 他们希望光辉，医治山脉，让身体醒来
> 追随那个死去的精神，进入风暴。
> （李浩：《风暴》）

李浩是一位在诗歌中雕云的巧匠。“巧匠”一词，艾略特曾在《荒原》的题词中颁发给庞德，并称他为“更卓越的巧匠”。李浩若能顶起“巧匠”之称，凭的是文辞里的胆识和勇气。像在雷电和暴雨中放风筝的富兰克林那样，诗人攥紧刻刀，冒着危险，钻进诗歌的枪林弹雨，让那些沉积已久的乌云活了起来。《风暴》中呼啸着乌云的各种成品和半成品，犹如耶稣的十二门徒，个个行色匆匆、踌躇满志，似乎要去远方秘密执行一项天大的革命任务。《风暴》的作者却始终保持着自己第一次的文化兴奋，他每写出一行，都如同海伦·凯勒第一次用手触摸到那股沁人心脾的水流，“它们仿佛不是写出来的，而是制作出来的，有些词和词组，它们融化在诗人滚热的手里，有些诗行，它们令人摸起来如同浮雕一般，有些十四行诗，它们像带着模糊文字的柱石一般，支撑着一种恐惧不安的思想重负。他隐约地感到这种艺术终止之日，即另一种艺术开始之时，它在渴望着另一种艺术……”这是里尔克在记述罗丹阅读波德莱尔时的精确感受，而这种感受也同样产生在我阅读李浩作品的时刻：他在诗歌中雕刻着另一种艺术，就像大地上的仰望者渴求着乌云里传来信仰的回声。

光辉里，产下虚无之卵。它用时钟，
丈量它的阴影。（痛苦的圣子啊，

在十字架上。）漆黑的葡萄枝，如同矿井

在地下，连成一片天空。

（李浩：《日光之下》）

雕云，就是在虚空中发奋地书写，直到写出灰色侧影中的尖叫，写出雪白棉絮里的坚硬，写出蜕皮时的疼痛和脱胎时的光晕。而这一切，都发生在风暴来临之前，那段无限延展的紧张时刻，诗行里挂满高涨的帆。在《日光之下》中，有一个书写细节值得关注，在两个诗节之间，作者用一个跨句分开了括号里的内容，制造了一个积极的打断，一次猛烈的雷电，一记大力的凿刻。一个句子被拦腰截断——现代汉诗是否也正经历着这场断裂的酷刑？它不得不自我扭曲，它亟待换气？——读者的耳中真切地传来耶稣在十字架上的锥心嘶喊，在一声声锐利、颤抖的发问之后，跟着的是更加悲悯、宽忍的肯定，连成同一片沉默的天空："我的上帝，你为什么离弃我？"正是在这个极端的时刻里，我们的汉语诗歌与耶稣基督的救赎精神发生了一次深情对视，它们在对方身上认出了自己，谋划了一场必然的风暴。鲁迅在《复仇（之二）》中，也同样描写了这个绝对的情境，一个乌云密布、风暴将至的钉杀时刻，一件带着痛感的雕云杰作。这挥之不去的雕凿之声在汉语诗歌中绵延至今，在李浩等富有至上信仰的写作者那里，我读到了他们甘于承担这项伟大劳役的决心。雕云，就是在灾变无穷的汉语中建造一座诺亚方舟，它是毁灭中的保存和担当。在那叮叮入耳的杂音中，我听到了一个赤裸灵魂发出的笃信、祈祷和唱赞，诗人正用一颗拳拳之心在雕写那些把不住的事体。

山川之心缝补未来
（李浩：《精神病院》）

一个雕云者的使命不是破坏，而是拯救。一个写作者的任务不是呈现，而是隐藏。在汉语中，“云”，其实就是言说，是发声，是表达。而诗人的任务，也无非是在沉默和空白中检测一个民族的语言的言说潜能：说出什么并不重要，尚未说出的往往比已经说出的更为要紧。说，同时意味着不说；云，也就暗示着无云。诗人的能耐，是把那些习以为常的云雕成了别的东西：他把乌云中的变幻雕刻为阴影中的永恒，把流动不居的世俗语言雕刻成了道成肉身的造物主语言。这就是一个诗人的惊世创举。雕云的意旨，在于对时间的缝补，而非对时间的修饰。以李浩为代表的一批雕云者，在写作中创造了一种巴什拉所谓的垂直时间，它瞬间爆发的凝神和笃定，让读者领略了一个诗人在信仰中（而不是在现世生活中）打开的海阔天空，这种纵向的、深不可测的精神力量，如同一剂抗生素，它正全力抵抗着大举侵蚀诗歌胴体的流俗时间，那里即将揭幕一场云海中的决战，它在争执中隐藏着弥赛亚时间，那危机中的营救。

在诗人呈现的垂直时间中，任何往昔都能够缝补进未来，任何词都能享有物的荣耀，那是一种伟大的肯定。在《风暴》中，李浩渴望在词语的未来中呼唤和发起拯救的时机，他本想在一堆现代废墟上唤醒死者、弥合破碎——像本雅明阐释保罗·克利的“新天使”那样——却被天堂之风裹挟，不得不背对未来，看眼前成山的垃圾，越积越高（巧合的是，在李浩写出《风暴》的一个世纪以前，年轻的本雅明也写出过一首同名诗歌）。作为在云海中进修过的汉语巧匠，李浩已然掌握了雕云的技艺，但他认领了一份天才的责任，越是精研过天堂的美好，就越是把自己降落到尘埃里。李浩，你背后那个无形的十字架，成就了你一身赤胆文心，你要做一名大地的事务官。在《风暴》之外，在写出《哀歌》《还乡》等重要作品之后，你冲着自己喊了声：“变。”你熟练的双手将雕刻那更困难的材料，它们在汉语的大地上遮天蔽日，飘进了土地测量员的双眼。这的确是另一种艺术，你将在那些顽固而有毒的空气中潜水，它们将见证你未来的杰作：地云——

> 我坐入夜底，
> 外头的路灯忽明忽熄，
> 追赶垃圾袋。
> （李浩：《悼马雁》）

2014年圣诞节

北京看丹桥

引力波上的蜉蝣

在荔枝 FM 上，木寻办过一个电台，叫做“大海和鸽子”，里面能够听到她的朗诵原声。只有寥寥几首，大都是张枣的诗。后来，我也读到了她写张枣的一首小诗，让我产生一种不恰当的幻觉，似乎木寻的写作与张枣的早逝有着隐秘的关联，她的文字也更像是张枣诗歌的一根肋骨：“你活着你们甚至来不及见一面。”（木寻：《折纸鹤的男人》）张枣诗中雕刻着挥之不去的顽皮和悠远，而木寻的诗则显得小心翼翼。为了让千疮百孔的生活表面重新光滑如初，她使用了新生儿口中呵气如兰的汉语。从电台里听木寻的朗诵，我惊奇地发觉，她的声音里，已悄悄将那块西西弗斯巨石磨成粉尘，只装着一副草本般柔弱的歌喉。是的，能撼动巨石的，或许不是一蹴而就的强壮臂膀，唯有如水的生命音程。在木寻的袖子里，总藏着几卷古典乐章，她会随手分享给一些比邻而居的朋友。她诗中的几个句子，惹醒了我僵滞的面孔，像洁白的牙膏蘸着泉水，那是清晨起床时的细密和清冽，也有入睡时的迟缓和迷离。一对象牙色的耳机，瞪羚的犄角，绵薄的尾翼，心脏到双脚的位移。

我与木寻见过面吗？似乎多年未见了。印象中或许只见过一次，却没来得及说话。几年前，在一个纪念张枣的研讨会上，她从人群里起身，朗诵了自己即兴创作的一首写给张枣的诗，她流露的真情让那几分钟凝固了。我直觉，这首诗就收在《一生是水》这本诗集里。后来，在微博上，她推荐给我她创办的微信公众号“雨后花园”，打理得极其用心。我也推荐给一些身边的朋友，并且受此启发，也弄了一个自己的公众号。凭着有限的了解，我相信，木寻是个胸怀圣意的姑娘。就算把她比作一位苍白瘦削的小菩萨，也不为过。她是水做的，一副晶莹剔透的形体，拒绝蹚过眼前滚滚的泥河。从文字和声音里，任何一个读者，迟早都会与她这个形象相遇。

你若在雨后的花园里等她，她从来不会出现。木寻的诗歌是逃避训练的，她更倚重天然的悟性和启示。迎着东南方向的暖风，在风暴中心的菩提树下，木寻在写作里修炼起绝食的艺术：佛陀式的，甘地式的，昂山素季式的。她是个不爱上体育课的病女生，做不了那些集体性的规定动作；她只是一名饥饿艺术家，宁可一个人来一场昼夜的马拉松。这个热衷逃学的孩子，会谦卑地拥抱一切洁净的书籍和书桌，借作她脆弱的舟楫，它们就是布罗茨基描述的“浮起的橡实”。她在名字中告诉自己，在无声无光的命运里，人人都在流亡，写作就是对一块漂木的追寻，它将带我们到对岸去，每个人都会在那里找到自己真正的名字。在布满泥垢和垃圾的人间江湖，木寻是一个营养不良的女子，她甚至只靠饮用一点淡水，来维持自己的精神生活。她对其他更多的事情无能为力：一只轻而易举就随风消失的风筝，那个随时准备沉没自己的安娜，她等待一座无名的岛屿。这些凌乱的印象，会让从未与她谋面的朋友，猜想她是否是位青袍峨冠的山中隐士？一只整日与瓷碗和线团做伴的黑猫？还是一位傲慢、贫血而迷人的性冷淡者？

不是一个人

仍是一个人

（木寻：《一个人》）

在木寻自己的天地，她宁愿像鸽子那样，踮起脚尖，扇动翅膀，视线里装满空茫："谁在空空的空气里跳舞！"（木寻：《等待》）洁白的鸽子，跟洁白的浪花一道，尝试在大海上行走一番，采集这斑驳世界上辽阔而恒定的苦涩，一种永不紧缩、永不膨胀的心灵货币。在为数不多的作品里，木寻与那些离开人世的同行们心神莫逆，仿佛在前世里，曾与他们长久簇拥着一场永不散场的筵席。木寻的写作，正滴洒出一条纤细、散淡、毫不连贯的心迹，不用血和泪，而是身体里的碎石，那些随时准备帮助自己去寻找屈原的重物，它们从这小女子宽大的衣袍里掉落出来。她试图迅速地擦除，只留下擦除后的遗迹，唧唧复唧唧。擦除，何尝不是一种生成。像她随时删掉的博客、微博或微信朋友圈，她仅依靠幸存的几个孤独的时间触点（她从那里获取淡水），支撑着自己笔直的骨架，实现着一个人的方死方生。在木寻的诗中，那些倾向于隐藏的东西，会逐渐显形、放大，如同从海底崛起的冰山，从灰烬里复活了熊熊烈火。透过一块浑浊的球面镜，读者发现，木寻的作品其实就是一份虚淡的自传，语焉不详的真实从那里纷纷剥落。

法国作家让·热内全神贯注地塑造着他的情人、卓越的走钢丝艺人阿布达拉，虔诚地设计着他在高空中每一个心惊肉跳的动作，制造着无与伦比的危险和美丽。读木寻的诗，让我重获了对高空或海面的敬畏之心。我知道，她诗歌后面的热内和诗歌里面的阿布达拉，都是她自己，一个以写作为志业的奇女子。写作中的木寻，就成了一位走钢丝的艺人。她的周围没有观众，她的脚下狰狞澎湃，她的眼前几乎看不清道路，她只跻身在那几块还没来得及沉没的石块上，忍着高处的饥寒交迫，渴望在那里多停留一小会儿。她既希望克服与生俱来的重力，凌空舞蹈；又将自己的四肢拴缚上透明的绳索，保持着谦从和孤傲的造型，把另一头扔向了无法预知的茫茫未来。这情形，似乎让我透过木寻的写作，将目光凝聚在一只小昆虫身上，它久久地停留在水面上。她的心，就是一只蜉蝣，轻盈地站立在一个不可能的虚空之上，坚持着那些美妙的姿态，传递着万物的口信。

木寻的诗句中，飘荡着一种蜉蝣的心态，她放弃入世和进取，崇尚绝食和静观；她不爱去经营豪言壮语和时代强音，而是举起汉语中某种水样的孱弱，廓开一圈乳晕般的乡愁。她依靠圣洁的启迪在高空保持着平衡，她短促的气息和极简的舞步，她稍稍露出的红颜，生成了深邃宇宙中的引力波。在这个新年里，人们正津津乐道地谈论着科学家的这项新发现。微小的蜉蝣，站在引力波最前线的使者。那些负重前行又举重若轻的人们，更容易聆听到隐藏在引力波中遥远而温柔的指令，它们正乘着水面的涟漪，靠近每一个聆听诗歌的人们。一代代的诗人们成为前赴后继的蜉蝣，努力用完美的语言描绘出那些神秘信息里的完美形象。木寻写道："为碱性日子，寻找适宜的酸。"（木寻：《死去的人，在意另外的时间》）诗人们用手中的酸不断擦拭玻璃窗上的污垢，只在人间留下同一首清洁的诗。在痛苦进化的人类身上，站立着一只蜉蝣。在这引力波的最前端上，诗歌敦化出无垠的悲悯和壮丽的爱，它们让那些灵魂柔弱又潜心写作的人们，从此不再惧怕死亡。

2016 年 2 月 13 日

吉林蛟河

气象先生的诗

初识桑克的诗歌语气，是在《雪的教育》中。开篇那句掷地有声的引文让我过目难忘："在东北这么多年，/ 没见过干净的雪。"这一句简单的唠叨，成为我日后阅读桑克所有作品时挥之不去的耳鸣，雪也固然成为他此后写作中至诚不渝的伴侣。在雪之外，我更清楚地看到，奥登、拉金等英语诗人对他的诗歌教育——提示他要充分重视日常生活中的鸡毛小事，或鼓励他努力做一个庸人——这些建言如同雪地上的斑点那样不容忽视，它们在大雪纷飞中锻造了桑克的语气。这语气让我想起隔壁院子里那个有东北口音的叔叔，博学而敏感，我在他每天向街坊四邻散播的天气预报中长大。而若干年前，他似乎就是《皇帝的新装》里的那个一鸣惊人的小孩。

桑克在他最近出版的诗集《冬天的早班飞机》中，小心翼翼地保存下这份珍贵的语气。依照这种语气的脾性，他适时调控着词语的温度，营造出一间虚拟的微型气象站。我也索性将整部诗集读成一册心灵气象的实验报告，桑克就是一位驻守在边疆省份的天气预报员：孤独、真诚、敬业。他在一首名为《降温》的诗中说："写天气，这是我的 / 古老的主题。什么时候 / 我达到了这么高的境界？ / 平静的，像个事不关己的 // 气象预报员，指点着 / 虚无的蓝幕。而你们 / 看见的是浪漫的云团，/ 是卡通的雪点。"桑克的语气最显著的功能，就是为当代汉语诗歌降温，不论是"写什么"，还是"怎么写"，他都力图在自己的气象站里缔造一个诗歌的冷酷仙境。

按照我们的常识，人们聚在一块，一旦无话可说又不能冷场的情况下，就会自然地聊到天气。关于天气的谈论成为人际的黏合剂，因为人们对天气的态度几乎都是相同的：要么赞美，要么抱怨，总体上都体现为对未知事件的持久关注。聊天气，仿佛启动了语言的应急预案，人们获得了失语时的拯救，气象学让彼此成为兄弟；写天气，则显示了从农业时代走来的诗歌写作中一项几近失传的品质，它考验了诗人在面临失语危险时，处理视而不见的重要事物时的勇气和耐心。更重要的是，它始终提醒着我们，人类要想活下去，就一定需要畏惧。天气，或词语中的气象，成为桑克文本里的上帝，只是这个上帝长着一张娃娃脸，我们要随时恭候它的喜怒哀乐和阴晴圆缺。

在日常生活的气象站里，桑克采集到了他的上帝的各种异常丰富的表情，在多数作品的标题上，我们直观地捕捉到这些平庸而神秘的气象信息:《升温》《降温》《冷因》《雨天读诗》《微雨》《一片一片的雪》《暴风雨》《雷阵雨》《暴雨突至》……在另一种意义上，这种对气象的深切关注，其实暗示着诗人对季候和时间情境的敏感，这将涉及桑克的更多作品:《元旦》《正月初五》《晨雪》《冬日黄昏》《春景》《冬景》《晨景》《夜差》《早春的地理学》《立夏》《小满》《处暑》《秋游》《冷冬》《鼎盛年》《白天的月亮》《过季橘子》《下夜班》《失眠夜》《这时辰》《测夜仪》《冬天的早班飞机》……当代诗人在告别历史性重大题材之后的平淡日子里，决定重新躬身探入现实生活的尘芥之中。此刻的诗人，更像一个漂泊多年的游子，站在乡音无改而两鬓斑白的时空面前，受到了后者双亲般的款待：他瞬间失语，他忍住泪水，他必须若无其事地谈论天气，去表达一种农民式的担忧。桑克的写作表达了这种努力：用他手到擒来的日常化语气，击碎持续升温的词语不断膨胀的泡沫——诗人只有在灰尘和雨水中定居，诗歌才能重拾它古老的美德——只有通过降了温的词语，我们才能有效地测定这个世界的冷暖，才能与大地、家族或上帝重建亲缘，才能直接感受人的真实体温。

桑克的语气召唤出一种冷记忆。麦克卢汉在《理解媒介》中引用过这样一个对话：

——你们孩子家为什么用“冷”这个词去表示“热”的意思?

——因为你们老辈人在我们出世之前就把“热”字用完了。

诗歌曾经是热的（典雅的、浪漫的、情感浓烈的、追求形式的），它的余温依然停留在诗人们高烧的额头，时代的气焰助长着这种火力。与此相反，桑克的写作是对诗歌的冷处理（旁观的、质朴的、几近零度的、拒绝技巧的），像一个每天照面的气象预报员在屏幕前那样谈吐自如、有一说一。如下的诗句可以为我做证：“只顾浏览乡村的风景，/忘记它是有味儿的——/猪和牛的排泄物不说了，/你怎么受得了毛皮的味道？//还有攻击者的吸管，/露天厕所的艺术……/天上的繁星果真能够/吸引你全部的注意力？”（桑克：《乡村的正面》）我们从来都在诗歌中憧憬乡村夜空里漫天的繁星，而有谁直截了当地提醒我们去注意那里独特的气味呢？这气味是否更加让我们记住了一个真实的乡村，一条慵懒的马路，一段被冰雪冻住的新鲜记忆。

现代诗歌正在召唤着冷记忆，桑克的语气就在其中得以保存。诗歌不仅要兴观群怨，不仅要哀悼历史、纠正现实，不仅要做政治的多情女友，它还应当学会观测、记录和预报天气，悉心地描述这种变化，理解种种脱序和意外，为势不可挡的天气准备好雨伞和靴子，并在疾风骤雨和雪后初霁中发现生活的诗意：时令的变化就犹如人事的变化，我们将在阴晴冷暖的天气中重新认识我们自己。“思想成为一种对脑微粒降水量的天气预报：在低压的中心有时有雨、局部有雪。”（鲍德里亚语）诗人必须代替他心中的上帝发出声音，表达他的满足和惶恐，制作内心的晴雨表；他必须开口说话，试着谈论气象或季候，如同乐此不疲的诵经连祷。

作为一个现代诗人，桑克勤奋地观察和记录着天气，编纂着他“分行写下的日知录”（姜涛语），梳理着他的冷记忆。读他的作品，我也仿佛事先洞悉了天气的秘密，披着满身的寒气和畏惧，一个人穿越了睡眼惺忪的黑夜，忍住了宇宙的耳鸣，在想象中搭乘了一架冬天的早班飞机。它的终点不是世贸大厦，而是一片干净的雪国：在习得了上升的哲学之后，我们更应当在诗歌中学会下降的艺术。

2012 年 8 月 8 日

北京法华寺

消逝性小引

艺术是普罗米修斯真正的礼物：这位先知赠送的是未来的隐秘。

——伽达默尔

一

诗人张枣在接受黄灿然的采访时，谈到过一个令人醍醐灌顶的看法，他说写诗有点像悟禅：一开始，词是词，物是物，两者区隔无缘，互不相认；后来发展成词就是物，物就是词，写诗演变为一套纯粹的语言操作；到了第三阶段，词和物再次分开，从表面上看，这仿佛又回到了初始状态，但经过前两个阶段的洗礼，实际上却有着本质的不同。此时的主体达到某种空以纳物的状态，无偏私、不挑剔地对待事物和环境，内心充满激情、理解和爱。诗人超越了书写，最终回到人的境界里，没有哪个词不能用，词和词处于必然的来龙去脉之中。

这个写诗的三段论，如果用王国维的“人生三境界”来解释，似乎也说得通：第一阶段，词与物相互寻找，诗人绞尽脑汁，发明语言，力图再现周围这个动荡不息的世界，有道是“昨夜西风凋碧树。独上高楼，望尽天涯路”；第二阶段，词物合一，语言获得空前的威力，诗人在语词的游戏里创建、维系和消费着一个无尽的世界，正可谓“衣带渐宽终不悔，为伊消得人憔悴”；第三阶段，词与物在彼此占有后又拉开距离，却牢牢携带上对方的肤色和体温，诗人在词语中开发出世界的广阔性和超越性，仿佛瞬间穿透了这个世界，并重新向当下生活致敬，无论它是惬意的、糟糕的还是无色无味的，诗人都抵达了一个必然性法则，他已将生活过程当做了诗的过程：“众里寻他千百度，蓦然回首，那人却在，灯火阑珊处。”

维特根斯坦说过一句耐人寻味的话：神秘的并非世界为什么是这样，而是世界本来就是这样。在词的带领下，诗人为追求某种神秘的东西，展开对生存的坚持和在世界的遨游。

人们很难具体说清这种神秘之物，它类似一个理念的圆球，其圆心无处不在，而圆周却不在任何地方。刚开始，神秘之物与人之间隔着十万八千里，距离越遥远，它就越神秘，词与物就越难产生应和；当词与物一旦进入同一个节奏里，两者的切近关系就几乎驱散了这种神秘，词完全覆盖、征服了物，变得无所不能；最后，词与物再次分道扬镳，其间诞生了一种全新的神秘性，这时，词不再提供暧昧不明、难以辨识的形象，也不再向人施加困惑和焦虑，而是在一个由近及远的过程中让这个世界重新变得质朴和清澈。这种必然的神秘性，不再是最初无端摆置出来的那个荒蛮、冷酷、孤零零的遥远（比如康德所谓的“星空”），而是在切近中生出的一种似曾相识的遥远（比如康德所谓的“道德律令”）。必然的神秘性让每一个词和每一个物都与自身拉开了一个必要的距离，而不是一味地要求它们彰显专制性的同一。被这神秘性替换出来的词与物便游刃有余地相聚在必然性之中。历经了苦难和沧桑的诗人，在词中发明出内在的自然、文明、记忆和秩序，在一个不断祛魅的现代世界里顽强地保存它神秘莫测、生机勃勃的气质。

这种在逻辑上提出的三段论，或许也可以在汉语诗歌独有的现代化演进历程中得到印证。自白话诗诞生以来，新诗写作者试图用一种横空出世的现代汉语来回应现代中国风起云涌的现实，以及人们随之发生深刻变化的认识模式和审美方式。在汉语新诗问世的第一个三十年里，词与物相互显露出陌生和羞怯，一种尚不成熟的语言和一个闪烁莫辨的世界之间，是遥远而神秘的。胡适在《一颗星儿》中这样写道："我喜欢你这颗顶大的星儿，/ 可惜我叫不出你的名字。"在新诗发展的第二个三十年里，异常膨胀的词全面包围甚至代替了物，两者近得不能再近了，超级能指出现了，现实被符号化了，书写成为这一阶段绝地通天的技艺，彭燕郊在《最初的新中国的旗》中豪情满怀地写下，"我像孩子一样 / 找来纸，找来颜料 / 把它描了又描，画了又画 / 把它画在墙上 / 画在我的每一册笔记本上 / 痴痴地将它吻了又吻 / 向它致了好多好多的敬礼"。在第三个三十年里，尽管汉语新诗还未曾从前两个阶段的影响和支配中完全摆脱出来，但从词与物的切近中再造遥远的必然性事业已经悄悄展开，这应该是汉语新诗自我完成的最佳场域和尺度。为了实现这种随遇而安、笑傲江湖的自由状态，为了能够重新抵达见诗即诗、见人即人的境界，从旧中国一直走到新世纪门槛的大诗人昌耀在晚年写下：

我不学而能的人性醒觉是紫金冠。

我无虑被人劫掠的迷藏只有紫金冠。

不可穷尽的高峻或冷寂惟有紫金冠。

（昌耀：《紫金冠》）

二

不同于西方的宗教语境为诗歌贡献的此岸和彼岸的概念，中国诗歌更擅长在世俗生活里表现切近和遥远的感受。汉语新诗经受近一百年的风雨历练，在神秘性的加减乘除中，诗人的写作如同跳房子游戏那样曲折展开，渴望在切近中生出遥远。这个词与物在交融之后再度分离的过程，是汉语诗歌进入现代以来开展精神转换的关键枢纽。“朦胧诗”以来的汉诗写作虽然有意识地将文学调校到审美自主性上来，但词与物在前两个阶段里积淀下的写作传统和不良惯性却始终在第三个阶段里持续混杂，难以驱除。诗人们要么力图从遥远中求得崇高超验的神圣性王冠，要么尝试在切近中获取坚实有效的合法性证书，遥远和切近分别成了每一个当代诗人灵魂里继承下来的文化基因。在这个艰难的过程中，词语和世界都要接受全面深刻的考验，诗歌需要在转化传统的任务中寻找因地制宜的突破口，在丧失神秘性的空白一页里重新与它相逢。昌耀是这条道路上的一个卓越先驱，他写出的“紫金冠”并非绝对遥远的陌异之物（比如胡适的“星儿”），也不是无处不在的过渡形象（比如彭燕郊的“旗”），而是一种显现于日常语言中的神秘者，一种始终保持在近中之远、若即若离中的未知之物。身为昌耀的湖南同乡，当代诗人李少君在傍晚林间呼唤父亲回家吃饭的时候，同样精确地捕捉到了这种微妙的情状：

夜色正一点一点地渗透
黑暗如墨汁在宣纸上蔓延
我每喊一声，夜色就被推开推远一点点
喊声一停，夜色又聚集围拢了过来
（李少君：《傍晚》）

李少君的这首作品暗示我们，词（“喊声”）与物（“夜色”）之间没有“无缘对面不相逢”的那种遥远，因而诗人没有写做“夜色，我叫不出你的名字”，也并非“不识庐山真面目”的那种切近，诗人也没有写成“夜色，我把你描了又描，画了又画”，而是在遥远的距离中体会切近。词与物并没有相互触碰和占有，也没有相互躲闪和拒绝，而是既各自安于自身的节奏，又形成了彼此间的自由嬉戏(“夜色”肆意地与“喊声”捉着迷藏，遵循着一种无形之规），仿佛进入一个更加亲密的轨道之中（“推远”和“聚集”的合力形成一种新节奏）。在这座诗的伊甸园里，在这种遥远的亲密性中，神秘性又重新回来了，并且带来了更多必然的意味，它在“推远”中拓展着物的边界，在“聚集”中开掘着词的潜能。

李少君的诗歌写作直接面对和探索的是这个词与物再次分离的过程，并深为这种失而复得的神秘性着迷。在近中之远的距离中重建词与物的亲密性，这成为诗人的首要责任和激情之源。在他新近写成的一首作品中，我们看到了被分离出的词与物不动声色地散逸到那个更加广阔的境界里，这首写敬亭山的诗似乎也帮助我们一下子读懂了李少君的更多作品：

我们所有的努力都抵不上

李白斗酒写成的诗篇

它使我们在此相聚畅饮长啸

忘却了古今之异，消泯于山水之间

（李少君：《敬亭山记》）

正如那充满必然性和神秘性的书卷早已写成，我们才对所有付之东流的努力望洋兴叹，并且心悦诚服。“抵不上”三个字中透露着今人对那古老的必然之物（诗中还分别提到了“春风”“飞鸟”和“敬亭山上的一个亭子”）深广的惆怅和谦卑的满足，表达了当代汉诗中“思无邪”的珍贵品质。“抵不上”三个字并没有将莫可名状的必然之物排拒在千里之外，也没有试图对它们献上千回百转的勾画和描摹，它恰当地丈量出了一个近中之远，将我们与必然之物置于这种空以纳物的亲密性当中，能够“在此相聚畅饮长啸”，更能够学会“相看两不厌”，学会“忘却”和“消泯”。在这种腾空和置换中，词与物之间形成了自在的联结和永恒的应和，我们透过诗人的作品，看到了被必然性照亮的消逝性，它成为我们理解汉语诗歌神秘性的奥诀。李少君绝大多数书写自然的抒情作品，都表达了他对消逝性的关怀。这种关怀其实始终都是汉语诗歌抒情性的一项原初指标，是中国诗人在纷乱现实中从事写作的原动力。对故国旧人的思慕，对过往光阴的垂恋，对今非昔比的感叹，对美好物象的追忆……这些母题在中国古诗中不胜枚举，比如杜甫在《春望》中留下的经典诗句——“国破山河在，城春草木深。感时花溅泪，恨别鸟惊心”，准确地描绘和诠释了中国古典语境里泣血动人的消逝性。

消逝不同于消失，后者指某种事物隐遁于我们当下的视野，但似乎还有可能重新出现；而前者意味着这种事物一去不复返，在现实世界绝无再现的可能。消逝性的诗意魅力就在于，这种事物显现的一次性足以兑换词语显现的持久性。在慢节奏的传统社会里，事物一旦消逝就会激起无限的惆怅，以杜诗为代表的传统汉诗几近完美地培育了一种朝向过去的消逝性，绝大多数的中国古典抒情诗中都可以提取出这种醒目的成分，它的基本语法是：现在“抵不上”过去。因而，朝向过去的消逝性无疑是使人感伤的，是催人流泪的，甚至是令人捶胸顿足的。这种形式的消逝性在传统诗人手中已经得到了最大限度的表现，抵达了异常辉煌的顶峰，这让中国古诗的所有成就都凝聚在一个“蓦然回首”的姿态里。直至今日，我们依然会使用古典诗词来表达日常生活中对消逝现象的感念，古人已将这种朝向过去的消逝性锤炼为一颗晶体，佩戴在所有后来者的抒情衣衫上，闪现着传统世界的美学光泽。

现代世界瞬息万变，杂乱无章，消逝性也成了家常便饭，成为更大的必然性。身边的人与事每分每秒都处于消逝的途中，这也让死亡成为一个十足的现代事件，它最极端也最普遍地解释了消逝性的神髓。在现代，物和词都在各自的流水线上被过剩地生产出来——在世界面前，词语无法及时供给适时有效的表达方式；在词语面前，世界无法认识和接受自身的疯狂和怪诞——两者都匆忙地偏离了轨道，挣脱了对方，这也就加速了它们的死亡。消逝性的面孔变得复杂而狰狞，死亡已经不再被认为是生命平和静穆的终点，它已加速赶往当下，甚至超过了我们，充当了领跑员。正是消逝性本身带领着我们在尘世疾行，诗人在“蓦然回首”中已经看不到“灯火阑珊处”那个想见的人，传统诗学提供的朝向过去的消逝性也面临着失语的危机，它已经让现代诗人在面对日常生活时常常感到束手无策。

三

在词与物相互分离的阶段，李少君的诗歌在近中之远的视镜中来解析一个现代世界的消逝性主题。由于事物不断地被词语“推远”和“聚集”，这种往复运动让消逝性体现在彼此依存的两个抽象过程中：一方面，从词身上剥离了物，我们挽住的似乎只有词语的尸体和灰烬，是那些不羁漂浮的能指——这个现代性幽灵一刻不停地延异、复制，留下可能世界的过剩踪迹；另一方面，从物身上剥离了词，整个世界满目疮痍，尽是残山剩水、废墟垃圾，留下了现实世界的冗余存在。过剩踪迹随着时间不断地分延向前，它始终受未知力量的牵引，体现了现代时间的线性意志；冗余存在则在时间的流逝中顽固地向后顾盼，仿佛在召唤着那个遽然遁去的世界，表征着古典时间的迂回性情。线性的抒情能够在迂回的山水间形成回声吗？过剩的词能够刚好匹配上冗余的物吗？现代诗人希望，词与物在承受分离之后，能够相逢于近中之远的亲密性中，那么，用前瞻式的过剩踪迹来意指回眸式的冗余存在，似乎是一种不可能性，而这正是现代诗人的梦想和任务，这就造成了现代世界一种悖谬式的神秘性。词“抵不上”物，或物“抵不上”词，这里出现了必然的空缺，于是就诞生了必然的消逝性。

消逝性，是事物与自身拉开的必然距离在词中的投影。李少君的诗歌写作正专注于在这种投影下的语言练习。在消逝性过剩的现代生活里，每一件事物、每一个词语生成的速度都“抵不上”它们自身消逝的速度。由于诗歌中承袭了太多朝向过去的消逝性，这让现代汉诗一直无法超越传统汉诗的成就，让现代诗人依旧服膺古典诗人的抒情方式，在“抵不上”中日益喑哑和沉默。李少君说：“这都只是一些闲意思 / 青山兀自不动，只管打坐入定。”（李少君：《春天里的闲意思》）在他的作品中，我们看到，他在近中之远的视野下全力修补新的亲密性轨道的同时，还尝试着在词语中拓宽消逝性含义的边界，在对朝向过去的消逝性的深刻吸纳之后，适时地发明了一种朝向未来的消逝性，扭转和理顺了过剩踪迹与冗余存在之间的危局和忤逆，在消逝性所带来的“抵不上”的不平等关系中，让词与物之间平添了“相看两不厌”的智慧和情怀：“我每日静坐，想把自己坐到枯寂。”（李少君：《大明湖的野鸭》）朝向未来的消逝性是朝向过去的消逝性的一种潜能，它在少数一些敏锐的当代汉语诗人的作品里隐约得到呈现，将怅然若失、悲天悯人的情感和心性转化为宠辱不惊、临危不惧的胸襟和勇气，让词语从线性意志中修炼和提取出迂回性情，从事物的现实性中勘探出不可能性，从切近中看到了遥远，从而保证让那些令人黯然神伤的消逝之物同时也成了充满期待的来临之物，“保证了这小世界的完美自足”（李少君:《泉城看泉》)。

如果朝向过去的消逝性是深藏于古往今来所有抒情诗人作品中的一枚晶体，那么朝向未来的消逝性就是这枚晶体向那些率先觉醒的诗人和读者绽放出的一丝光亮。在李少君的几首近作中，我们能够借着这一丝光亮，读到诗人对这种朝向未来的消逝性的全新理解和自然表达，读到他在“静坐”和“枯寂”中所发现的“完美自足”的“小世界”：

但最嘹亮的——

仍是晴朗蓝天之下的那一阵鸽哨

（李少君:《盛夏》)

那是民国的一个初晴天
阳光明媚，春光烂漫
可以预料明天也准是一个好天气
（李少君：《良人》）

这淅淅沥沥下了一整夜的雨啊
就是著名的潇湘夜雨
（李少君：《潇湘夜雨》）

在以上三首作品中，我们先读到了三个具有“家族相似”特征的词——“仍是”“准是”和“就是”——在现代诗歌中，这三个沦为日常口语的词语已经被判定为过剩踪迹（带着形而上学的意味），它们从各自命名的原初事物中剥离出来，但依旧形成前瞻式的指引。其后，我们又读到了与之搭配的三个词——“鸽哨”“好天气”和“潇湘夜雨”——它们在一个迅速流转的摩登世界里不可避免地成为了冗余存在（营建了自然的乌托邦），然而却从各自激活的原初词语中剥离出来，仍保留着回眸式的造型。前瞻与回眸的两道光线交汇在近中之远的景深里，为现代诗歌调适好一种可能性视野，将它带入一条神秘的亲密性轨道。在这里，空以纳物的现代汉语本着“相看两不厌”的态度呈现出事物中必然的消逝性：它不但是朝向过去的，在世界的残山剩水中保持古典的抒情性和一去不复返的神秘性；而且也是朝向未来的，消逝之物在词语的“推远”和“聚集”中不断地返回和再生，在祝祷和召唤中转化为世界失而复得的礼物。我们一下子在未来照过来的光亮中收到了诗人这么多美好的礼物：最嘹亮的仍是日渐失传的鸽哨，明天准是个人人盼望的好天气，耳边的雨就是著名的潇湘夜雨……宛如昌耀给我们的神秘礼物：我不学而能的人性醒觉是紫金冠，我无虑被人劫掠的迷藏只有紫金冠，不可穷尽的高峻或冷寂惟有紫金冠。这些处于近中之远的词，这些本体论的神秘信号，值得在它们的必然性中得到我们合理有序的开采和转化。

在汉语新诗中呈现这种朝向未来的消逝性，仍是、准是、就是一项让现代诗人全力以赴的神秘性事业。我们若要实现它，只有、唯有在词中对它们进行反复测试和确证，以期对开采不尽的日常生活世界保持永久的亲密性。这个道理，也刚好回应了“看惯了红尘世事”的诗人在生活细微处看出的“一些门路”：

鸭子要野才能飞起来

鸭子一野就能飞起来

（李少君：《大明湖的野鸭》）

2014 年 7 月

北京看丹桥

乡土的逃逸

想必每一位读者都在小时候读过这样的童话故事：为了完成某桩富有正义感的使命，一位孤胆英雄投身于一系列曲折离奇的冒险活动。主人公在面临各种难关和困境时几乎都能逢凶化吉、顺利过渡，让我们捏着书本的手又捏出好几吨汗来。他们都是逃逸的高手，身上存放着用不完的力气、败坏不掉的意志和起死回生的诚心，在故事里涉川历险，险象环生，极尽逍遥之能事。合上书本，环顾四周，唯见地铁车厢里挤满了赶着上班的人，个个表情僵硬、苦大仇深。你自己更是势单力薄，满眼沮丧，不由分说地贴紧、汇入这沉闷的团块，成为别人眼里的人生败将。如果 21 世纪的今天仍有一部《神曲》，那么挤在这间疾驰的“铁屋子”里那些“熟睡的人们”，是否也代表了数百万的城市寄居者，从头到脚被施以无形锁链，无辜地沦为一队短暂坠入空间地狱的时间罪人呢？

跟童话中的英雄豪杰相比，现实中的我们丧失了逃逸的本领。我们时时想做强者，不愿缩小或降低自己；必须争分夺秒、先声夺人，不肯慢半拍；要在这片废墟上占据一个哪怕针尖大小的位置，没有勇气让自己消失……在更高更快更强的生活前线上，自居文明的人类反而从动物那里退化了。我们像剪掉辫子一样被切掉了尾巴，一个现代中国人从那一刻起抹除了向后的一道矢量，也失却了在人生障碍面前回返、转身、撤离和闪避的一切机会和可能。一旦我们置身其中的人生地铁在警报声中关闭了舱门，每个人的尾巴都被齐刷刷切掉了，从人间罢黜到地下的城市凄凉犯们只能低头默念昌耀的诗句：“我们只可前行，我们无可回归。”

值得庆幸的是，在一批批盲目流动的团块中，诗人虽与普通人一样遍尝疾苦，但他洞悉这个处境，并能用手中的笔代替那条消失的尾巴。诗歌越发凸显出一种逃遁的意义，替人类在精神障碍面前恢复逃逸的尊严和技艺，像尼采所说，在自己身上克服这个时代。在这种情势下，当代诗人谷禾的作品，引起了我们的注意。谷禾常被人称为“乡土诗人”，虽失之偏颇，但也有几分道理。从名字到作品，谷禾都异常钟爱乡土和自然题材，但又不拘于此，这个久居北京的文学编辑，城市麦田的观察家，其实是位地道的杂食性作者。可以说，在众多以写“乡土诗”而闻名的诗人当中，谷禾在自己擅长的题材领域里实现了着陆和回归，收获了有关逃逸的知识，并将这种经验用直观而精确的汉语表达出来：

如果不是有波纹荡出来
如果不是这鹤鸣，我已沿竖排繁体走远
——在那儿，山水枯涩
义山扶柩子美，东坡公托身为随园老人
（谷禾：《读一本旧书至深夜》）

“竖排繁体”想必浓缩了中国乡土文明的精华，也为一个现代读者提供了一条遁逃之路。在谷禾的多数作品中，我们都能在必要处读出“竖排繁体”的意味，发现一道转换危机的斜坡。新文学兴起以来，数量惊人的“乡土诗人”和“乡土作家”纷杂涌现，也贡献出许多经典作品，它们无可厚非地维系和传承了中国文学中一条重要的写作传统。“乡土诗人”带有一种难以克服的矛盾：一方面，他们因循陶谢旧法，操练最娴熟的手段，将乡村、山水或土地等自然空间描述为在现实生活之外寄托情志的“乌托邦”，由此谱上欢欣、恬淡和陶醉的调子；另一方面，他们又渐渐失去了心悦诚服地去亲和、赞美田园山水和农耕岁月的兴趣，站在新兴的城市文明的价值立场上充当乡村的“出走者”“闯入者”和“启蒙者”，给予传统伦理生活大力的批判和否定。在动荡裂变的年月，村人和家族的落后、贫弱、愚昧、可怜是“乡土诗人”的千夫所指，这种立场符合一种滚滚向前的时代逻辑。“十七年文学”期间，“乡土诗人”被委以重任，寄托和批判的“竖排繁体”暂时靠边站，向广大农民播送时代强音才是要紧事。诗要写得像垄头小曲一样浅白通俗、朗朗上口，方为“乡土诗人”的荣耀，“横排简体”必然是喜闻乐见的新面孔。20世纪80年代，“寻根热”“文化热”让乡土题材回暖，再启蒙的心愿解冻了这片田野，又遭城乡冲突的一记硬霜。乡土题材很快又成为繁简交织、各种型号的欲望之口边的一种消费品，成为酒池肉林中悬挂出来的红辣椒和老玉米。海子之后，“乡土诗人”的身份也变得可疑起来：

> 什么在加增？什么在减少？
>
> 在内心的隐秘没有被迎头痛击之前

第一辆公交车已迎面驶来——

它满载咸腥和汽油味，落入你麻木的舌尖

（谷禾：《入秋记》）

在当代中国的乡土文明面临逐渐解体和消逝的今天，现代化还远远没有实现，我们在从乡村到城市行进的漫长道路上不能停息、无家可归。“乡土诗”尽管失去了原有的生成框架和文化语境，但它仍能依靠汉语的书写体现为一种可贵的生存精神和艺术品质。更为重要的是，在少数勤奋而敏锐的诗人手中，“乡土诗”已消融为“诗”的一般形态，形成与生命对等和投契的语言艺术。在这一个关键性的工作上，谷禾的努力是出色的。在令人迷惘和两难的季节里，他果断地将笔触重新投放于日常生活现场：第一辆公交车携带普通生活场景中的气味扑面而来，描写它们，或者批判它们，都非此刻要务。这个扑面而来的诗句真正带出一阵久违的风，它邀请此地的等待者乘风归去，从而成就一种文学的逃逸。这不是现实主义，也不是浪漫主义，它可能正是两者临界处全新的可能性，那里还没有太多文字生长出来：

当我俯耳细听铁轨的回音
却只传来微风吹过铁锈的荒芜
然后，是变幻了形体
的铁轨，枕木，碎石，静默的天空
……我坐在铁轨和枕木之间
像一个失忆老人，等待火车重又开过来
（谷禾：《相遇一段废弃的铁路》）

谷禾的诗歌中，逃逸的力量帮助了作品的完成。他似乎在每一首诗的荒草丛中，都试图去寻找一截废弃的铁路，“像两条花蛇游向我的视线尽头”。这是一个关于写作的绝妙象征，跟许多盲目生产“横排简体”的诗人不同，谷禾注意到了在自己视线尽头处的大地上所发生的事情。那里是一块被“竖排繁体”守候、有待某种综合官能开垦的田野，这块边缘地带所需要的，并不是被田园山水熏陶过的保守目光，也不是被现代化运动修正过的激进目光，更不是时下方兴未艾、林林总总的科学目光和权力目光。那该是一种有创造活力的艺术目光，诗人不必去看，也不必去想，而是要去写，这是一种综合感官。由“废弃的铁路”所指引出的逃逸路线优先在写作行为中生成。“……你说，一个阳台足够了 / 你的全部爱，源于对新事物的无所适从。”（谷禾：《爱》）谷禾的诗，仅仅在他日常生活的有限范围内，就精确地刻画出了这条路线：

这时你出现了
像一头害羞的麋鹿，走向我
我会惊喜地停下来
放下所有烦扰，与你一起走入凉爽的秋夜
（谷禾：《下班途中，过地铁北运河西站》）

逃逸路线像麋鹿一样害羞，容易被带露的青草和理性的热情吞没，但它不时地会在凡俗生活的各个角落里闪现，让人想到人类背后那条消失许久的尾巴。“废弃的铁路”或“竖排繁体”可以闪现在下班途中的某个地铁站，甚至出现在每一个等待绿灯转亮的路口；在“凌晨五点的光芒”，在愧疚或入秋时分，在读一本旧书的深夜，在谈论爱与死的一刻……逃逸路线都可能随时出现。德勒兹对文学的“逃逸”问题津津乐道，他认为，写作即逃逸、背叛、变成。逃逸路线是汇聚在透视图的消失点上的线，导向地平线彼端，作家在那里蜕化成不可感知状态。写作就是追溯逃逸路线，是在作家蜕化成不可感知状态与外部的一般蜕化之间开启一条遭遇线。诗人正是在远和近之间的一个不可感知地带发明自己的语言的，并用这种语言来回应汹涌的现实生活不断的拍打和涌逼。写作就是在这种危急关头施以艺术上的营救和回退的启示。

谷禾在他的《烧树叶及其他》一诗中，将此番智慧和境界表达得淋漓尽致。他从露易丝·格吕克的诗集中读到了三个烧树叶的场景，分别是农工点燃并清扫树叶、树叶自焚和孩子点燃树叶，但它们并没有被隐喻化和类型化，从而得出一些被设置好的人生经验和命运知识。这首诗的可贵之处，就是用语言精准地把握到此岸与彼岸、可见性与不可见性、“竖排繁体”与“横排简体”之间的某个极不稳定的状态，那极有可能是事物正在逃逸的状态，是逃逸本身的侧影和鳞爪，是乡土精神混合着痛苦和极乐的转化。若想勾勒出逃逸本身的状态，谷禾的《坐一辆拖拉机去耶路撒冷》这首诗最合适不过了，有一群语言英雄正展示着他们在生活泥沼里绝境逢生的手艺。

他们扶老携幼坐上去

唱着上帝的赞美诗

在我的注视下，一会儿就消失在了晚霞里

2017年5月5日

北京科学城

这必死的测量员

虽然，他来到世上是为了活着，我倒宁愿认为，他来到这里是为了死。我模仿了里尔克，说出这句骇人听闻的话，想把它献给谢世五周年的诗人张枣。他死去，我们活着，哪个更好，只有天知道。

前不久，在翻译家芮虎先生的博客里，我看到了张枣一生中最后一张照片：他面颊温暖，闭着眼睛，安静地躺在灵柩里，像个熟睡的人。洁净的西装加身，胸前放着一顶黑帽，几株花枝伴他左右。他的两个儿子，张灯和张彩，站在一旁，望着父亲，神情里已有了成人的凝重。其中一个，还弓着腰，凑近他的脸，仔细端详，仿佛在等着父亲开口说话。天地一指，万物一马，这张照片，也陡然让我老了几岁，令我想起张枣在课堂上讲起的一个故事：那年那月，一位年轻的登山家死于一次雪崩。多年以后，他的儿子也在攀登同一座山时被雪崩所困。幸运的是，他活了下来，并且发现，不远处的雪地里露出一具冻僵的尸体，那正是他多年前遇难的父亲。儿子认出了他，抱住他，看着他年轻、英俊的面孔，惊呆了。此刻，儿子已经超过了父亲死去时的年龄，竟像是一位长者抱着一个青年。父亲被那场雪崩永远冷冻成他青春时的模样，安详地睡在他热爱的事业里。时间在他身上停止了，但世界川流不息，他与雪山一道，成了旁观者：

> 这是你吗？不，这是我
> 这是我吗？不，这是你
> （张枣：《一首雪的挽歌》）

这个雪山故事与那张照片是多么相似啊。张枣属虎，殁于本命年的图宾根，葬在湖南长沙市郊的金陵墓园，与岳麓山悠然对望，似乎有种诗意的测量。如果这世上有灵魂转世，那么在今天，另一个世界里的张枣，也该满五周岁了，刚好长成一个顽皮的男孩，这也恰好是他留给朋友们的印象（在回国后的一次聚会上，他和老芒克不厌其烦地互敬军礼，莫名其妙地喜笑颜开）。如果他一不小心，跟着他诗里的那颗“绿扣子”，溜进我们这边，我忍不住猜想，他那两个开始长出喉结和胡须的儿子，会用什么样的眼神望着他呢？我也不止一次想象，我与他重逢的情形。他会气喘吁吁地从地铁里走出来，远远地向我招手吗？他的朋友、学生和读者，也都整整老了五岁，慢慢靠近或超过他离去时的年龄，在他们各自的生活中，又遭遇着什么样的雪崩呢？在一首名叫《娟娟》的诗中，张枣感慨："我们的掌纹正急遽地改变。"而今，死去的诗人已经不再担心这些，他重新长出一张娃娃脸。这个顽皮的小家伙，并不惧怕我们悲欣交集的打量，反而用一个五岁男童的纯真目光，温柔地逼视着我们，那道目光在我们身上继续生长。甚至，他根本没有看着我们，而是摆出在他一生中最好的照片里的那个姿势（摄影师是肖全）。时间又退回到1988年的成都，往事和梦境都是黑白色，诗人故意不看镜头，侧过脸去，长发围巾，英气袭人，若有所思，盯着一旁的事物，顺着地平线投向无限远处。相框外是无法描摹的未知旅途，直到今天还在等待着他，像雪山等待着陌生的来客。

这道目光里，或许藏着诗人的父亲给他取名为"枣"的秘密：他消隐在百花争艳的季节（诗人死于他的黄金年龄），却在万物凋谢之时泛出别样的红晕（他留下的作品为这个庸常急躁的时代补气安神）。诗人捏着一颗枣子的时间观，误入尘网，匆匆来去，在光洁的额头上舞出灿烂和寂寞，在起皱的皮肤里守着汉语和永恒。五年过去了，我越来越清晰地感到，张枣非但不是一个短命的天才，反而是一位长寿的诗人，“那对蝴蝶早存在了”（张枣：《梁山伯与祝英台》）。一个人终有一死，他活着时念兹在兹；如今他驾鹤西游，他的读者却日夜咏叹：

二月开白花，你逃也逃不脱，你在哪儿休息
哪儿就被我守望着
（张枣：《何人斯》）

张枣用百分之三百的精确，预支了前世和来生，他把工作与时日都存进汉语的小金库。一旦他写成所有的书卷，就休息去了，那些数量稀少却微妙严格的诗作，替他在这个世上千金散尽，永葆天真，帮他“呼儿将出换美酒，与尔同销万古愁”。张枣在他的诗中扮成孩童的模样，与时间中的我们捉着迷藏，冷不防蹿上知音的后背，借以延续诗人的生命。你瞧，在诗人柏桦的左肩上，我们读到这位悲伤的知己一页页怀念：绝对之夜，灯芯绒上衣，我和你。在诗人宋琳的右肩上，我们看到那个汉语的精灵天才般的表演："我牵挂的客人披着雪斗篷，/ 说他来自某个久远……"（宋琳：《忆故人》）没错，有一种地道的汉语已经悄悄来到我们身上，我们每读一遍，诗人就重新降生一回。一个画外音：汉语是他的命运。张枣走了，却在我们背后留下孩童的目光；我们老了，但口中的汉语却滋润如新娘。那个走在前面的俄耳甫斯总忍不住回头眺望：

他这一转身，惊动了天边的一只闹钟。
他这一转身，搞乱了人间所有的节奏。
（张枣：《父亲》）

张枣与那些普通逝者不太一样，生者的悲戚、哀悼和追挽似乎未必适合他（在《亲爱的张枣》一书中，我们读到那么多友人真诚的纪念）。与其说，他像个饱经沧桑的长者那样远离我们，不如说，他已经在自己的作品里像个蹑手蹑脚的顽童再次向我们靠近。张枣不是诗歌烈士，他是一位诗歌的隐者。他来到世上，不是为了活着，而是为了死去。就像钟鸣所说，这是张枣的着魔和中谶："死亡猜你的年纪 / 认为你这时还年轻。”（张枣：《死亡的比喻》）诗人一出生就在测量自己跟死亡的距离。如同梅花落满南山，诗人的死，将他悄悄列入一串只有少数人的不老名单。“死了，一次次获得纯洁。”（木寻：《忆张枣》）张枣短暂却精彩的一生像梅花凋零成泥，赶着去他喜欢的韵脚里做一场春秋大梦；他的作品却像枣子一样愈益香甜，值得我们反复品咂。正如敬文东先生在张枣逝世三周年的演讲中说的那样，张枣为现代汉语提供了自己的经典，只要还有中国人，张枣就会被记住。因此，这句话要反复讲：纪念张枣的最好方式，就是阅读他的诗歌。唯有用心阅读，才配得上一个杰出诗人珍贵的死，才让我们这些苟全性命者知足地活：

> 天上的星星高喊：“烧掉我！”
> 布拉格的水喊：“给我智者。”
> 墓碑沉默：读我就是杀我。
> （张枣：《卡夫卡致菲丽斯》）

我们必须在阅读中救活他。少年张枣得湘蜀之灵气，饱读诗书，仗剑天涯，风流倜傥；孤悬海外二十载，芬芳骄傲，放浪倾颓，迷人可爱。一卷薄薄的诗集《春秋来信》早已洛阳纸贵，鲜有读者能够了解他完整的诗学和创制。张枣逝世当年，人民文学出版社的“蓝星诗库”适时推出《张枣的诗》，那些在时间的南山里被雪藏多年的优秀作品终于在读者手中涣然冰释。除了那首让他一夜成名的少作《镜中》之外，更多分量十足的作品得到读者和研究者的青睐和重视，比如《历史与欲望》（组诗）、《空白练习曲》（组诗）、《跟茨维塔伊娃的对话》（组诗）、《云》（组诗）、《大地之歌》《祖母》《枯坐》，等等。近期我从朋友那听说，《张枣诗文全集》已经着手整理和编订，也将在不久后出版问世，其中包括张枣的诗歌、随笔、翻译作品、书信以及友人的纪念文章，是张枣创作的一次汇总。对于所有热爱张枣和汉语诗歌的朋友们来说，这的确是一件值得期盼的盛事和喜事。

如果把张枣看成是第三代诗人的卓越代表，这并不意味着他的写作多么立场鲜明、标新立异或激进时髦（这些恐怕都是一夜昙花）；而是在于，他以足够的学养、能量和魄力，让谵妄失足、满目疮痍的现代汉语诗歌重新在自己的传统面前抬起头来，用韧性十足、风华绝代的古典诗歌精神为现代汉语对话疗伤，恢复元气。在这个意义上，张枣发明出一套既似曾相识又充满歧义的节奏、情调和意境，用来含纳古今中西。他像一个汉语中的女娲，在写作中专心修补传统与现代的精神断裂，为汉语诗歌努力撑起华盖，为当代读者重新树立典范。他告诉我们，诗歌既不是附庸风雅，也不是矫情扮酷；既不是凶神恶煞，也不是家长里短。诗歌可以是游移不定的，但一定是和颜悦色的；可以是虚构的，但一定是美妙的；可以是边缘的，但一定是健康的。

“我叫张枣，我是一个诗人。”这是他每一次的开场白，也是他每一次的告别语，他在诗歌中精确测量了从结束到开始的距离。“只有你，和其他诗人们的死讯 / 如此确凿。”（回地：《纪念诗人张枣》）诗人是终有一死的，但汉语是永生的。张枣在他有限的光阴中，已经献出最好的礼物，它正在我们中间传递着，而诗人已安详地睡在自己热爱的词语里。那些在酒桌上企图灌倒他的纯洁姑娘们，高喊着他的口号：活着就要大闹一场。曾经，我们读他的诗，是他的孩子；如今，他在作品的余生里幸福地睡眠、成长、游戏，我们读他的诗，却成了他的父亲。我们在巍峨苍茫的雪山上认出他，抱起他：那一刻，你就是我，我就是你。串起这两个人称的，是同一道目光和同一种命运，我们正接受它们反复耐心的测量。

如果将“读我就是杀我”作为张枣的墓碣文——因为他与自己爱着的作品已经难舍难分，那么诗人就和他诗中的卡夫卡一样，都是必死的测量员。他死于爱，必重生于爱。只有这样，在他走后的漫长午夜里，我们这些每次都只能成功灌倒自己的人，才能在这一刻忘情地自言自语：枣，生日快乐。

2015年2月27日

吉林蛟河

从雪到雪

一

王家新居住在他的舌头所营造的一个张弛有度、充满弹性的节奏里。这里有略慢于这个城市的语速，有南方传授给他的内敛、含混的鼻音，舌头在口腔中放低、放平，悄悄变得坚硬，为一首诗铺起一张简朴、木质的小床。这个节奏吻合于一个长途的旅行者在雪地里跋涉的步态，历史一般蹒跚，祖国一样坠痛，被雪增厚的鞋底踩在雪上，发出一种奇特的声音，像少女柔软的脚舒服地踩在我们的胸膛和胸膛里那颗小星球时所生出的快慰。鞋与雪亲昵的撕咬声，同王家新口中反复咀嚼的节奏，宛如一双冬天里降生的姐妹。“当语言无法分担事物的沉重，/ 当我们永远也说不清，/ 那一声凄厉的哀鸣 / 是来自屋外的雪野，还是 / 来自我们的内心……”（王家新:《瓦雷金诺叙事曲——给帕斯捷尔纳克》）

王家新的诗歌正脱胎于一场冬季的远足，是行走的棉靴和世界之雪生下了它。他那坚硬的舌头，在每一个忧患的脚印里留下一床被褥和一帧情书。事物的沉重性内化为他词语的美德，装扮成他诗行间踟蹰的忧郁王储，也庇佑着日后那个留守在他乡孤堡里受难的修辞僭主。蓬松的雪经过踩压变得坚硬，硬得像诗人朗诵时的舌头，带来几千里风雪的穿越；更像风干了的馒头，在我们被掀起的头顶上冒着热气。“这热气炙人的火焰山 / 这钻进牙缝的沙 / 这磨破脚踵的石头 / 这汗和虚脱 / 有多少次，几乎像骆驼一样倒下。”（王家新：《唐玄奘在龟兹，公元 628 年》）诗人前世艰巨的追寻也仿佛讲述着，沉重的事物里面常常包含着寸步未离的柔软。这是牙龈和脚心的柔软。生活会在完全封冻前擦出一星火花，研磨出一剂酵母，诗歌的工作大抵如此，比如王家新告诉我们：“我还惊讶在红卫兵走过的路上 / 我居然捡到了一个馒头 / 开始我还以为那是一个圆圆的石头 / 当我用脚去踢。”（王家新：《少年——献给我的父亲、母亲》）在苦难的脚印里成长起来的诗人，练就了啃噬石头的本领，那飞起的一脚正结结实实地落在了诗人自己的屁股上：“流亡的人把祖国带在身上 / 没有祖国，只有一个 / 从大地的伤口迸放出的黄昏 / 只有

世纪与世纪淤积的血 / 超越人的一生。”（王家新：《布拉格》）

比起那个因为高考落榜、从此“一屁股坐在雪地里”（王家新：《一九七六》）的同窗王志林，幸运的诗人把自己狠狠地踢飞，从而获取了一种流亡的资格。在王家新那里，“祖国”一词更适宜的理解想必该是“汉语—祖国”，尤其当诗人降落在大洋彼岸，在那个远离母语的情境中，诗人们都被这一“想象的共同体”书写成隐身的民族英雄。在《孤堡札记》中，王家新旋开一支不会讲话的英雄牌钢笔，它一天三次要啜饮鸵鸟墨水的黑牛奶，“吸收了时间的黑，血液的黑，/ 它甚至迫使死者拿起笔来 /——它顷刻就会分娩出你的怀乡病 / 和一个个与你相望的词……”

国货钢笔张开嘴巴，却讲不出话，像一个随发迹的儿女远涉重洋的老人，在完全陌生的地域里手舞足蹈地问路，这动作加快了他走向死神的脚步。同样的情形也发生在诗歌身上，犹如少年在过度发酵的光阴面前迅速苍老，它被这改换了的时代诊断为哑巴，目睹孩子们登上上学的巴士，“你还必须忍受住 / 一阵词的黑暗”（王家新：《布罗茨基之死》）。于是，诗人和诗歌在一场突如其来的灾难中迎来各自的晚年，王家新想到了帕斯，这位亲手绘制双重火焰的诗人，最终一语成谶，将命里的火种引向自己在墨西哥城的家，“烧掉了一个人的前生 / 烧掉了多年来的负担 / 也烧掉了虚无和灰烬本身 / 人生的虚妄、爱欲 / 和未了的雄心 / 都在一场晚年的火中噼啪作响”（王家新：《晚年的帕斯》）。诗人的晚年是一腔烈火，他一生都在啃噬石头；诗歌的晚年是一场携带笑声的灰烬，它尚需抵挡一阵等待被诗人吞吃前的黑暗。

二

一本言之有理的书总在被焚烧的时候窃窃暗笑，一本地道的好书总是指着别处而溜之大吉。[1] 赫拉巴尔（Bohumil Hrabal）这样告诫着我们，也让诗人重返出生时冰冷的巢穴。在那里，黑暗的词相互交换，在那里，石头决定开花。王家新在忍受住一阵词的黑暗之后，在牙齿被石头磨砺多年之后，像英雄牌钢笔对鸵鸟墨水的渴望一样，从体内激发出一个诗人对汉语崭新的胃口：“整个冬天他都在吃着桔子，/ 有时是

1　参阅［捷］赫拉巴尔：《过于喧嚣的孤独 · 底层的珍珠》，杨乐云、万世荣译，中国青年出版社，2003 年版，第 4 页。

在餐桌上吃，有时是在公共汽车上吃，/ 有时吃着吃着 / 雪就从书橱的内部下下来了。”（王家新：《桔子》）

在王家新的诗歌世界中，期待开花的石头变成水果，变成桔子。在欧阳江河那里，它会变成梨子，“它的肉体是六月的一场大雪”（欧阳江河：《梨子》）。无论变成什么，我们发现，在当代一批敏锐的诗歌写作者那里，正是水果担负着石头的梦想，率先洞悉了雪的秘密，而唯有雪才能像石头那样占据着时间和空间的悠远，接洽着天和地的苍茫，像水果那样同时浸润着人的眼睛和舌头，滋养着人的精神和肉体。在这种意义上，雪，注定无疑成为后来的读者探询、理解以王家新为代表的这一代诗歌灵魂的共溶剂，也构成这一代诗歌写作者自我放逐、自我关照的地平线。

王家新诗歌的发生、增进、远游和回归，或许可以看成是他对世界之雪的执着辨认，是他对诗歌母亲的迷恋。就连在他生活和写作上遭遇到危机之时，雪，仍情人一般依偎在他的左肩，陪伴他一同迎接命运的宣判：“这是痛苦，是幸福，要说出它 / 需要以冰雪来充满我的一生。”（王家新：《帕斯捷尔纳克》）那是俄罗斯的漫天风雪，是帕斯捷尔纳克之雪，是策兰之雪，是流亡者之雪，也是王家新的内在之雪，提升之雪，贝亚特丽齐之雪……唯有在雪中，诗人才能安静地获得这一切。

“从雪到雪，我在北京的轰响泥泞的／公共汽车上读你的诗，我在心中／呼喊那些高贵的名字。”（王家新：《帕斯捷尔纳克》）雪，就这样在遥远的俄罗斯和嘈杂的北京胡同里一同落下，比任何电报和互联网都更迅速、更精确。它将一切大地上的污浊和丑恶掩埋，仅用一种平素的颜色统一了宇宙，用中国三流诗人张打油的名句来形容，便是“黄狗身上白，白狗身上肿”。神圣和粗俗在雪的面前统统抹平，世界再一次变得简单，每一个站在大雪里的人都霎时间与久违的内心相遇，与母亲和情人相遇，与自己出生时的白色床单相遇。雪，宣告了它的帝国暂时接管了所有的街巷、公园和地铁口，批准了劳动者放假，囚犯回家，孩子们撒野。雪在我们的有生之年预演了天国的来临，让全世界受苦的人们，在下雪的舞台上尝试解放和救赎的滋味，“一个男人仰起头，喘息／死去。脚踝抽动，双手开合，／而他吃下的时间的碎片从无力的嘴中呼出滋润着雪”（罗伯特·勃莱：《从火车上看一场新雪》）。而在凡尘哀泣的缪斯阿赫玛托娃，则直接寄情于一座雪上的伊甸园：“我们俩来到坟地，／坐在雪地上轻轻叹息，／你用木棍画着宫殿，／将来我们俩永远住在那里。”（阿赫玛托娃：《我

们俩不会道别》)

三

雪作为一种款待，落在了东方的土地上。“在他的头脑中，有更好的雪，中国的雪”（西渡:《雪景中的柏拉图》)，借用西渡的一句诗，我们方能读懂，在这样的款待面前，王家新亮出了自己对雪的答谢和回馈。王家新的钢笔灌满了母语的牛奶，因而可以在纸上下着更好的雪：“我在昨晚写下了‘雪’，今天，它就在城市的上空下下来了。这不是奇迹，相反，这是对一个诗人的惩罚和提醒。你还能写什么？什么才是你内心生活的标志？看看这辽阔、伟大、愈来愈急的飞雪吧，只一瞬，室内就彻底暗下来了……”（王家新:《反向》)

多年以来，王家新至少把雪看做是诗人内心生活的标志之一。在中国诗歌传统里，雪始终是在场的，从《诗经·采薇》里的“昔我往矣，杨柳依依；今我来思，雨雪霏霏”开始，历代的诗人们所贡献的书写雪的名句，也宛如一场持续千年的大雪，落在皇城、边塞、江畔和山间，成为构筑山水乌托邦的一种重要的招牌意象和修辞力量。雪在诗歌中始终映射着人类孤独的精神世界，使这个世界充满了故事，又消解了故事；充满了万古愁，又抓不到万古愁。雪同时提供了内容和形式，敞开了外界和内心之间的通道，给人们留下一种宇宙尽头的错觉，但又遍寻不到清晰的界限。孤独的人更容易看懂雪，以及雪景中整饬的事物，它也因此成为人类写作的缘由之一："一个在深夜写作的人，/ 他必须在大雪充满世界之前 / 找到他的词根。"（王家新：《尤金，雪》）

雪落在中国的土地上，就同时落在了中国人的内心世界。作为母语，王家新让雪和人同时在汉语中找到了一个共同的词根，它就是"茫茫"，它同时指向窗外一望无际的雪野，和人类辽阔的心灵地带。它是典型的汉语词汇，发挥着独特的汉语功能；也是中国贡献给世界的词汇，道出了人类在世界面前的普适心态。它是对雪的回馈，也是人对生存境遇油然而生的直观感念，它在最贴切、最精确的意义上定义了人类："如果你想呼喊——为人类的孤独，雪 / 就会更大、更黑地降下来……"（王家新：《孤堡札记》）

从这个词根来反观汉语传统内的诗人王家新，我们便会轻而易举地辨识出西方诗歌在他的写作中所发挥的作用，然而这个问题至此已经不甚重要。世界上的问题最终都要归结到有限的两三个总问题上。以王家新为代表的当代中外诗人同他们的诗歌前辈，用各自孤独的灵魂期盼到了在诗歌中降下的雪，愈下愈急的雪，就像康德找到了隐藏着的自在之物，事物唯一本质的所在；又像爱斯基摩人那样用决然不同的词汇认真定义了每一场雪，独一无二的雪。因为我们每一次阅读，就是在内心降下一场雪。它教会我们在一张白纸上从头再来，以期待更好的雪；也教会我们忍住词的黑暗，观察石头在雪后的投影。每一场与阅读等同的雪，和被阅读的雪，都让我们更加接近那个“茫茫”的所在，因而雪也无异于一场冰冷洁白的焚烧，它将一个诗人，孤独而隆重地推向他的晚年，推向一个弹性十足的、反复咀嚼的节奏里：“他还必须在词中跋涉，以靠近 / 那扇唯一的永不封冻的窗户，/ 然后是雪，雪，雪。”（王家新：《尤金，雪》）

2011 年 9 月 4 日

吉林蛟河

一部《巨人传》的开头

在《巨人传》的开头几页，拉伯雷描述过一个荒诞不经的情节：格朗古歇太太身怀六甲，又好吃肥肠。临产那天，由于大肠状况甚于分娩问题，不得不服用收敛药。当母腹中的胎儿遭遇到突然紧缩的产道时，离奇的事情发生了。这个无比硕大的家伙从胀破的胎盘上跳了出来，钻进了大动脉，通过胸部横膈膜，一直爬到肩膀上（大静脉在那里一分为二），以一种势不可挡的意志，终于从他母亲的左耳里钻了出来。这个古怪的新生儿并没有带来哇哇的哭声，而是发出了震耳欲聋的叫喊："喝呀！喝呀！喝呀！"他的父亲惊呼道："好大的嗓门！"按照古希伯来人的习俗，这脱口而出的第一句应当用做小孩的名字，婴儿因此被称为"高康大"。

不知有多少人在捧腹大笑之中读过《巨人传》里这个最知名的段落，其中，米兰·昆德拉在似笑非笑之际转向我们，亮出了一条他酝酿已久的文学契约，它近乎一个常识：这里讲述的都不是什么正经事，文学不负责声明真理，不保证它所描写的内容都是事实。高康大，这个富有十八层下巴的怪婴，每天要喝一万七千九百一十三头奶牛产下的奶，就这样，他用肥大的身躯携带着一种不正经的气味来到这个信奉正经事的人间。在这个世界上，究竟什么才是正经事？这个问题或许会招徕许多理由充分的答案，一时难有定论。比如，一般人都会言之凿凿地说，反正那些报纸、电视和网络上的巨人该干的事，就是正经事。但有一点也是确定的，写诗，一定不算是正经事，尤其是在一个巨人林立的强者时代，一个普通人有太多的正经事要做了。

到底是因为在临盆的关头迷了路，还是由于母体赐予的过剩精力无处施展？诗人似乎都可理解为从左耳钻出来的特殊人种。在这个群声争霸的密集区域，他早已习惯了五花八门的赞美和诅咒，习惯了每时每刻的声嘶力竭和窃窃私语，习惯了形形色色的人们九曲十八弯的语调，假意或真心。他却仍能像里尔克的“少女”那样，在耳中为自己铺一张安静的小床，鼾声如饴，美梦连天。因为血统和出身问题，诗人甫一降生，就被这个世界当做主流价值的异端（如西方）或者装饰（如中国）。从左耳生出的诗人，装着消耗不尽的才华和智慧来到世间，居然不正儿八经地哭上两声（按说这才是一个人最早该干的正经事），就禁不住扯开嗓门张罗着：“喝呀！喝呀！喝呀！”为了能回到宁静岁月里的那张小床，诗人走遍每一条可能开辟的林间小道，喝遍全天下的好酒——因为没有什么正经事可做（从事文学活动不大可能成为一件正经事），他们从一出生就开始了不同程度的流亡和远游。

如果一个诗人，他从一个不那么正经的年代里走来，揩去裤脚上的泥水和昨日的泪水（如同洗净一个新生儿），在新时代里做了几件漂亮的正经事（比如只手成立一个商业帝国，并大力扶植诗歌事业），成为别人眼中的强者，他还会像一个一贫如洗的人那样去写诗吗？如果恰好这个诗人热衷于极限冒险活动，向全球七大洲最高峰和南北两极发起过相当完美的征服运动，并分别在那些我们也许一生都到达不了的地方写下大量作品，还在凛冽的寒气中神情严肃地朗诵手上那沓热腾腾的诗稿。如果这个诗人的名字恰好是人们如雷贯耳的房地产大亨黄怒波，那么对于所有震慑于他威名的读者来说，就不要指望他能老老实实地将自己顺产到这个世界上来（把生意和诗歌都伺候得风生水起的人物，我等凡人别想猜透他），我们还是到世界屋脊的左耳旁去聆听诗人骆英的声音吧（这个几乎望尽天涯路的成功男人，在那个巅峰时刻，不论说出什么样的汉语，或许都能成为诗吧）：

在我用雪掩盖住尿迹时
一片云以寒冷遮住了我
就这样我们一直走着一直撒着尿
也就是说我们将撒着尿到极点
（骆英：《在南极撒尿》）

我向一切问好因而从此我会热爱一切
我不再预测未来因而从此对未来无比敬畏
我将从此告别一切巅峰甘愿做一个凡夫俗子
我想我从此会在这个世界上慢慢走让我的灵魂自由干净
（骆英：《泪别珠峰》）

不论诗人骆英在珠穆朗玛峰或者南极，写下或朗诵了什么诗篇，我们的耳边仿佛一直回荡着高康大降生时的喊叫声："喝呀！喝呀！喝呀！"黄怒波喝下了全世界的好水和好酒，足以媲美高康大创下的一万七千九百一十三头牛日均产奶量的纪录，锻造出异常活跃的肾脏和无比发达的泪腺，以供他从黄怒波这个名字里分出一个骆英，同上诗歌的梁山。登山运动是一场灵魂之旅，冒险家同时经历着地狱和天堂，“7+2”的辉煌业绩已经暗示黄怒波非同寻常的胃口——他力图以一个巨贾吞吐冰岛的食欲来咀嚼一个诗人浩渺的心事——骆英的左耳里居住着一位高康大，他在写作时不得不忍受那些响亮的咒语（这也是现代世界一贯表彰的强力意志），而迄今为止出版的他的多种诗集或许也可以统统读成一部当代中国的《巨人传》：

我是黄会计我很有权
我掌着印把子和算盘
乡亲们婚丧嫁娶都要找我开介绍信
自行车指标木头配额都归我管
（骆英：《黄会计》）

黄会计，是骆英诗歌系列《知青日记》中的讲述者和主人公，也是20世纪60、70年代中国山乡的知青群体中一个从左耳诞生的角色。他既是以黄怒波早年当知青的经历为基底而塑造的文学形象，具有自传色彩，又明显地带有作者骆英的笃定语气。毋宁说，黄会计其实是地产大亨黄怒波向他过往岁月里投去的巨大背影，照耀他的光源始终悬挂于诗人从事写作的当下时间。

从《7+2 登山日记》和《知青日记》两部骆英以“日记”冠名的自传性诗集中，我们可以发现一个微妙征候：前者的写作时间几乎就是当事人攀登每一座山峰的时间，这会让人信服这部诗集堪称一部名副其实的“登山日记”（一部《巨人传》？）。比如在前面提到的《在南极撒尿》和《泪别珠峰》，两首作品注明的写作时间 / 地点分别为“2009.12.21 21 : 31 第一次扎营帐篷”和“2011.5.11 19 : 25 珠峰 5800 米过渡营地帐篷”。后者虽名为《知青日记》，但作品里标注的时间却只是写作时间，比如《黄会计》的写作时间 / 地点就是“2010 年 11 月 15 日 02 : 25 中坤大厦办公室”，这显然不能让人将这部作品认可为《知青日记》。

《知青日记》的时间都去哪儿了？它们或许已经隐藏在了每一首作品提及的名字和情节中了。与《7+2 登山日记》中宣扬的胜利者和思想者的坚硬姿态不同，这部隐藏真实故事时间的《知青日记》却充满了一个回忆者和抒情者的柔软语调。但这依然是一个巨人的回忆和抒情，也就是说，即使这种写作再柔软、再感人，它依然透露着巨人的强硬。当大队小黑板上“黄会计”的名字置换成《纽约时报》上的“Huang Nubo”时，骆英已经在无意识中发明了一种遍布他所有诗歌作品的巨人时间。它以一种登山者的强力意志，修炼成一种写作中的强者逻辑，并在一切自传性叙事中修改、整编了平淡无奇的凡人时间，以及他们无穷无尽的羞耻时间、苦难时间和失败时间。这种巨人时间，把黄会计在知青岁月中给村民计算工分的某一个时辰，强行修改为一个商业帝国领袖坐在自己办公室敲打键盘的时间（真正实践着时间即金钱的真理）。在一个巨人的视野里，一切低矮的事物都要经受他那条巨型舌头的舔舐，接受他坚硬牙齿的研磨，直到形成一整套驯顺的、合乎常理的形式。冒险家和富豪重新定义了正经事，诗人却总是留着一条尚未进化完全的尾巴：

> 后来是一种日子和岁月的概念了
> 可是我总是以为我是知青还在计算工分
> 我在福布斯榜上加减乘除

以一个黄会计身份清点财富

有一天我想我也许是回去的最好时刻

以一个都市人的身份以及一个富人的面孔

（骆英：《知青日记·后记》）

巨人的惊世胃口掩藏了诗人拒绝进化的尾巴，规定了他的记忆性质和书写意志。一个成功儒商的惊世战略和计算精神，转化为一个诗人在布局谋篇和文体意识上的自觉，骆英回馈给黄怒波对发达资本主义的反思和纠正。一个勇敢的登山爱好者自我养成的摘星揽月的豪情和悲天悯人的胸怀，打通了一个写作者处理个体与世界关系问题的任督二脉，那些在旅途和客栈中草草落成的作品也成为一个行色匆匆的中国灵魂处理经验和记忆的有力见证。声音已经消逝，这一切终将交给文字，这危险的替补。在商人、登山者、诗人，和一个曾经在乡村苦熬、在都市流浪、如今又在事业的巅峰向死而生的中年男人之间，骆英以其无可匹敌的胃口僭越了这一切味道和分别心，整合了一切起点和归宿。他左耳中的高康大传授他成为命运之僭主的心法：一个诗人在自己心灵内部穿越了胸部的横膈膜，游历了内在的山水，经受了如此多的黑暗时刻和失败时间，从蓬勃的动脉漂流到无声的静脉，还要摩拳擦掌地寻找崭新的突破口。骆英，这个追逐心灵利润的企业家，这个向往精神高地的攀登者，已经在他的巨人时间里锻炼出一个宽阔的胃和一颗勇敢的心。在这里，一部《巨人传》的开头或许已是一部史诗的中途：

假如我认为，我是回答
一个能转回阳世间的人，
那么，这火焰就不会再摇闪。
但既然，如我听到的果真
没有人能活着离开这深渊，
我回答你就不必害怕流言。
（但丁：《神曲》）

2014年10月16日

北京看丹桥

后 记

收在这本随笔集中的文章都是些零敲碎打的产物，其中绝大多数是约稿，记录了它们的被动性。称其为“随笔”，总有点似是而非。这批长短不一、品相各异的篇什，本来都该被炮制成“评论”，大大方方地加上副标题，替我去捞个批评家的甜冠。但当下评论界似乎又觉得它们模样怪，无定式，缺乏宏观气派，一时也不好接纳，更无处摆放。尽管带点幼稚病，或故作高深，可它们总还称得上是一种雄心勃勃的写作，如同一束束麇集的锐角。瞧，在印刷机前，它们还在忙着变形。“评论”的洗澡水被倒掉了，“随笔”果断救起了里面的婴儿，让他甫一出世，就走进余生，向他煊赫的前途唱一出“影的告别”。跟其他文体相比，“随笔”以分母和警卫的姿态守护了一个时代的写作，也收留了我，孳乳了我魂端的痛痒，让我在一床新棉被里重温旧梦。没有谁知道，在一名二手时代的巡夜员家里，还藏着一个忘记啼哭的孤儿，他被眼前这世界的神秘和荒诞迷住了。在你追我赶的时代氛围中，他被数量催促着，却主动败下阵来，成了一颗割断尾巴的彗星。他依直觉写作，捕捉俯仰间的绝对时刻，称之为“随笔”，取其最宽忍的含义，纪念这一小撮默默发芽的植物曾在地室里闪耀过。燃烧后的残骸徒留在本书中，唯愿这些杂碎和零余在未来的季风里，能够不卑不亢，“攒一分热，发一份光”。

我是打着“写作”的旗号将这批文章强名为“随笔”的。如果还有什么理由，那就是，它们皆为诗学絮语。我很少写诗，可能缘于一个执念：“随笔”亦能切中诗之肯綮，凝练如肝胆，旷达如四肢，遒壮如肩背，机敏如鼻息。如果哲学是以智慧为友，那么随笔便是以诗为邻了。当本书中迄今最早的一篇文章落成之际（2012 年），我还在博士论文的“慢板”里打着哈欠、熬着夜，并开始悄然发胖。跟许多为诗歌着迷的年轻人一样，那些用激情填满贫困的年头，连颓败都是快乐的，我是多么愿意做这段境遇里一篇永不完成的“随笔”呀！搬出校园后，“随笔”真成了“速写”和“迭奏”；我从一个梦里惊醒，却怎么也梦不出另一个来，真实的荒漠里闪现着一个无眠而踟蹰的浅影。生存的飓风诘问着诗的水晶球，我的心从临风出海的奥德修斯那里，滚落进他的妻子珀涅罗珀遥远的胸腔。面对写作时的我，不再自比英雄，而是成了他忠贞的妻子，在一间阴面的客房里（它像渔船一样摇晃，窗前致密的树冠也跟着摇晃），手捧若有若无的线团，用等待接管了追逐，开启人生“随笔”中一段充满战栗的旅程：白天拆解的正是夜晚编织的东西。这就是我近年来的一个写照，本书权且成为这项特殊劳作后无法擦除的痕迹，那是一串我曾经驻留过的房间号：法华寺、看丹桥、科学城、北京像素，以及安静的东北小城蛟河。

为了备课之需，去年我从网上购得一套 1997 年由东方出版中心出版的“诗人随笔文丛”，全面领教了钟鸣、西川、王家新、翟永明、王小妮等当代诗人在随笔创作上的不凡水准（此外，宋琳、陈东东、庞培、朱朱等诗人的随笔作品也让我不忍释卷）。这套书也庄重地照亮了“诗人随笔 / 散文”这座暧昧的高原，仰仗着诗人们在语言上严苛的自我训诫和文明的创造教养，也让我自信“诗人随笔”天然是免检且超卓的。更重要的是，他们有不拘一格的能力，在“随笔”中把诗带往新境界。我想用这套书将以上判断证明给我的学生看，并不厌其烦地推荐他们的诗歌和随笔。二十年后的今天，漓江出版社别具慧眼、仁者爱人，积极发掘和扶植一批青年诗人，推动他们的写作事业。我亦幸运地跻身眼下这套“青年诗人文丛”，或者说，它让我这个不大写诗的“青年诗人”有机会呈献和汇报自己受惠于诗歌的结果。在一篇谈论诗人张枣随笔的文章里，我打过一个比喻，说随笔/散文乃诗后补饮。诗的酣畅宴饮固然荡涤销魂，但在高潮后的余韵里独酌，大可收敛饮者的全部身心，让沉浸在创造愉悦中的人们，朝向更悠远的细节去呼吸和等待。因此，我把这批不甚成熟的小文章命名为《补饮之书》，同时告诫自己：你必须改变你的生活。

感谢我的朋友江汀，正是在他的举荐和力促下，这本随笔集方能丰满成形。在编选过程中，他的《二十个站台》是我反复参照的范本。去年冬天，在一个只有江汀、昆鸟和我的三个人的酒局上，我接受了两位友人的建议，剔除了一些篇幅较长的文章，让本书固定为现在的体量（上辑倾向于从书籍、群体和拉杂话题展开漫议；下辑以单例诗人作品为中心修习雕虫小技）。感谢漓江出版社陆源兄的筹划和邀约，感谢编辑林培秋女士的辛勤工作，感谢多年来向我约稿的各位前辈和朋友。打铁还需自身硬。过去我多在被动性下写作，依赖有限的才华和悟性，当这些消耗品在今天迎来折损和失效之时，我是否顺手抓起了“随笔”这块遮羞布和这根救命草，来掩饰自己真实的沮丧和怠惰？我是何其厌烦这样的自己啊！看看身边的人吧，即便在各自的困窘和危机中，我的老师和俊友们，几乎都在用层出不穷的新作展开积极生活，向我递来唤醒和激励，暗示我，补饮之后是充沛的安憩，而非更深的空虚。我有责任追随我的笔，去认领、开垦、耕耘和持守那片属于我的田野，把树种到房间里来。感谢我的家人一贯无私地支持我的工作。感谢我的爱人晓悦，她与我一道相信：人只要有理想和趣味，就什么也不怕，什么也不担心。

2018 年 2 月 28 日

北京像素